CAUTIVO DEL PASADO
KIM LAWRENCE

HARLEQUIN™

Editado por Harlequin Ibérica.
Una división de HarperCollins Ibérica, S.A.
Núñez de Balboa, 56
28001 Madrid

© 2016 Kim Lawrence
© 2017 Harlequin Ibérica, una división de HarperCollins Ibérica, S.A.
Cautivo del pasado, n.º 2559 - 26.7.17
Título original: Surrendering to the Italian's Command
Publicada originalmente por Mills & Boon®, Ltd., Londres.

I.S.B.N.: 978-84-687-9954-4
Depósito legal: M-13043-2017
Impresión en CPI (Barcelona)
Fecha impresion para Argentina: 22.1.18
Distribuidor exclusivo para España: LOGISTA
Distribuidores para México: CODIPLYRSA y Despacho Flores
Distribuidores para Argentina: Interior, DGP, S.A. Alvarado 2118.
Cap. Fed./Buenos Aires y Gran Buenos Aires, VACCARO HNOS.

Capítulo 1

TESS apoyó la frente en el frigorífico e hizo un esfuerzo por mostrarse animada.

–Estoy bien –mintió con voz ronca–. Estoy mucho mejor.

–No sabes mentir –replicó Fiona.

Tess se irguió y se llevó una mano a la cabeza. Le dolía bastante, pero respondió con una sonrisa débil al afecto de su amiga.

–Claro que sé. Soy una gran mentirosa.

Por mucho que negara la verdad, Tess era consciente de que no sonaba tan creíble como el día anterior, cuando le había dicho a la secretaria de su madre que no podría asistir a la apertura del centro que su madre iba a inaugurar. Evidentemente, la gripe tenía sus ventajas. Pero no se podía decir que hubiera mentido a Fiona. Era cierto que estaba mejor, aunque no tanto como para no sentirse fatal.

–Si hubiera podido, te habría llevado a casa al salir del trabajo, pero tenía muchas cosas que hacer. No eres la única que se ha resfriado. Media oficina está enferma –declaró su amiga–. Volveré mañana por la mañana, cuando deje a Sally y a las chicas en la estación. ¿Necesitas algo?

–No hace falta que...

–Vendré de todas formas –la interrumpió.

–De acuerdo, pero no te quejes si te pego la gripe.

–Nunca he tenido una gripe.

–No tientes a la suerte –le advirtió.

Tess se apoyó en la encimera. Estaba tan débil que el simple hecho de salir del dormitorio y dirigirse a la cocina la había agotado.

–Entre tanto, hazme el favor de tomar suficientes líquidos –dijo Fiona–. Por cierto, ¿has cambiado las cerraduras?

–He hecho todo lo que la policía sugirió.

Tess miró las cerrojos nuevos de la puerta principal y pensó que se empezaba a sentir prisionera en su propia casa.

–Deberían haber detenido a ese psicópata.

–Bueno, mencionaron la posibilidad de pedir una orden de alejamiento.

–Y entonces, ¿por qué no han... ? –Fiona gimió de repente y dejó la frase sin terminar–. Ah, ya lo entiendo. Tu madre.

Tess no dijo nada. No era necesario. Fiona era una de las pocas personas que lo entendían. Estaba con ella cuando su madre puso su cara en unos carteles y la convirtió en vanguardia de su cruzada contra el acoso escolar, aunque solo tenía diez años. Y también estaba con ella cuando aprovechó su tristeza en el entierro de su padre para ganarse el corazón de los electores y conseguir un puesto de concejal.

–Tiene buenas intenciones –replicó, sintiéndose en la obligación de defenderla.

Tess fue sincera en su afirmación. Era cierto que

Beth Tracy estaba obsesionada por promocionarse a sí misma, pero no lo hacía por ambiciones personales, sino por las causas que defendía.

—Me han dicho que quiere presentarse a la alcaldía —dijo Fiona.

—Sí, yo también lo he oído —declaró Tess—. Pero, volviendo a lo que estábamos hablando, no había garantía alguna de que los tribunales hubieran emitido una orden de alejamiento. Ese hombre parece incapaz de hacer daño a nadie. Y, por otra parte, ni se llevó nada del piso ni tengo pruebas de que estuviera en él.

—Puede que no se llevara nada, pero se metió en tu casa.

Tess se sentó en el suelo, contenta de que su amiga no hubiera visto que le temblaban las piernas. El allanamiento de su casa había sido la gota que colmaba el vaso. Hasta entonces, había optado por hacer caso omiso del problema, pensando que aquel individuo se aburriría y la dejaría en paz. Pero ahora sabía que era peligroso.

El hombre que la acosaba había estado mirando su ropa interior y le había dejado una botella de champán y un par de copas en la mesilla de noche, además de esparcir pétalos de rosa sobre la cama. Evidentemente, quería que supiera que había estado allí. Aunque se había tomado muchas molestias para no dejar ninguna huella dactilar.

—Lo sé —dijo Tess, que carraspeó—. Pero supongo que una botella de champán y unos pétalos de rosa no son agresión suficiente.

—¿Y qué pasa con el acoso? ¿Les hablaste de los

mensajes de correo electrónico que te ha estado enviando?

—No contienen nada amenazador. De hecho, la policía simpatiza con él.

Tess sabía que los agentes no la tomarían muy en serio, teniendo en cuenta que no había pasado gran cosa; pero le pareció indignante que justificaran la actitud de Ben Morgan, quien creía que mantenía una relación amorosa con ella solo porque habían coincidido unas cuantas veces en la parada del autobús.

—¿Que simpatiza con él? —bramó Fiona, enfadada—. ¿Y qué pasará si te apuñala una noche, cuando estés dormida?

Tess soltó un grito ahogado, y Fiona se apresuró a tranquilizarla.

—No te va a apuñalar. Ese tipo es un perdedor, un simple cretino —afirmó, arrepentida de lo que había dicho—. Oh, ¿por qué seré tan bocazas...? ¿Te encuentras bien?

—Sí, por supuesto. No es nada que no se pueda curar con un par de aspirinas y una taza de té.

Justo entonces, se oyó un estruendo.

—¡Como no bajéis el volumen, apagaré la televisión! —exclamó Fiona—. Lo siento, Tess... Mi hermana me ha dejado a las gemelas para que se las cuide, y no las podía dejar en casa. Será mejor que me las lleve.

—No tiene importancia, Fi.

—¿Seguro que estás bien? Tienes la voz tomada.

—Mi aspecto me preocupa más que mi voz. Debe de ser terrible —ironizó.

Tess se echó el pelo hacia atrás y miró su reflejo en la reluciente superficie de la tetera, para ver si estaba tan pálida y ojerosa como se había levantado. Y lo estaba.

–Qué horror –dijo–. Pensándolo bien, me tomaré esa taza de té y me iré a la cama.

–Una idea excelente. Hasta mañana, Tess.

–Hasta mañana.

Tess llenó la tetera y abrió el frigorífico para sacar un cartón de leche; pero no le quedaba, y le apetecía tanto que decidió ir a comprar. Por desgracia, la tienda más cercana estaba a doscientos metros de allí. Y eso, si atajaba por el callejón.

Como no podía salir en pijama, se detuvo un momento en la puerta y alcanzó la gabardina que se había dejado el novio de Fiona la última vez que fueron a cenar. Era un hombre delgado, pero no tardó en descubrir que la prenda le quedaba demasiado grande.

Ya se encontraba a mitad de camino cuando se acordó de las recomendaciones que le había hecho una de las agentes de policía: además de sugerirle que desactivara sus cuentas en las redes sociales, le había aconsejado que no saliera sola a la calle y que, si se veía obligada a salir, evitara los lugares oscuros y poco concurridos. Es decir, lugares como aquel.

Tess se quedó helada, súbitamente consciente de la oscuridad del callejón. Estaba haciendo lo contrario de lo que le había pedido la agente de policía.

Nerviosa, respiró hondo con intención de tranquilizarse; pero solo sirvió para que sufriera un acceso de tos, que resonó en las paredes mientras su razón le decía que diera media vuelta y huyera a toda prisa. Sin embargo, no tenía fuerzas para correr. Y, por otra parte, estaba más lejos de su casa que de la calle de la tienda, siempre bien iluminada y llena de gente.

—No te pasará nada, no te pasará nada —se repitió—. Tú no eres una víctima.

En ese momento, un hombre se detuvo en el extremo del callejón y empezó a caminar hacia ella. Tess abrió la boca para gritar, pero no pudo. Se había quedado paralizada. No podía ni respirar. Era como si tuviera un peso enorme sobre el pecho.

—Tranquila —dijo él—. Vengo a cuidar de ti, cariño.

Ella intentó gritar de nuevo. Y, esta vez, emitió algo parecido a un grito.

—No puedo decir gran cosa sin conocer más detalles sobre el estado de su hermana. Pero, por lo que me ha contado, tengo la sensación de que ese tratamiento no funcionaría.

Danilo sacudió la cabeza y suspiró sin decir nada.

—Ahora bien, si quiere que la examine... —continuó el médico—. Aunque supongo que, antes, querrá discutirlo con ella.

—¿Con quién?

—Con su hermana, naturalmente. Ha dicho que

ya se ha sometido a varios tratamientos, y que ninguno ha tenido éxito.

Por alguna razón, Danilo se acordó de las palabras que le había dedicado un chico el mes anterior, después de que él intentara alejarlo de su hermana. Le había dicho que se querían, que Nat lo quería a su lado y que no tenía derecho a entrometerse en su vida.

—Mi hermana quiere caminar, doctor.

El médico asintió, se levantó y dijo, antes de marcharse:

—Estaremos en contacto.

Danilo se puso a pensar en su conversación con el chico. Nunca había tenido intención de entrometerse en la vida de Nat, salvo para conseguir que tuviera exactamente eso, una vida. Iba de cirujano en cirujano, buscando alguno que la pudiera curar. Y ni él ni ella estaban dispuestos a rendirse.

Cuando llegó a su limusina, el conductor salió del vehículo y le abrió la puerta. Pero Danilo se lo pensó mejor.

—Iré dando un paseo.

Se metió las manos en los bolsillos y empezó a caminar. Estaba tan concentrado en sus pensamientos que ni siquiera notaba el granizo que había empezado a caer. Era verano, pero los veranos británicos tenían esas cosas.

Danilo estaba en Londres la noche del accidente. Se había quedado en compañía de una rubia preciosa, y no dejaba de pensar que, si él hubiera estado al volante, sus padres no habrían fallecido y su hermana no habría terminado en una silla de ruedas. Pero, en cualquier caso, se sentía culpable. Se había quedado con una mujer y, cuando la policía italiana lo localizó, Nat llevaba siete horas en un quirófano de Roma.

¿Habría cambiado algo si hubiera estado en aquel coche? ¿Habría sido capaz de impedir que se estrellaran? No lo sabría nunca, y ese era su castigo. Un castigo incomparablemente más llevadero que la desgracia de su hermana.

Cabizbajo, se preguntó si estaba haciendo bien al insistir en encontrar una cura. Nat era muy fuerte, pero se había sometido a tantos tratamientos que empezaba a perder la esperanza. Y Danilo no quería que se volviera a llevar una decepción.

Aún seguía dando vueltas al asunto cuando oyó un grito, procedente de uno de los callejones laterales. Era un grito de terror, así que corrió a la entrada y se asomó. El lugar estaba a oscuras, pero las farolas de la calle iluminaban lo suficiente como para ver que una mujer intentaba escapar de un hombre que la agarraba.

Danilo sintió una furia inmensa. No soportaba a los tipos que abusaban de los más débiles. Los había sufrido en carne propia durante su adolescencia, antes de pegar el estirón y de desarrollar la musculatura que lo puso a salvo. Y no iba a permitir que uno de esos canallas se saliera con la suya.

El hombre no vio a Danilo hasta el último segundo, cuando lo agarró del cuello y lo apartó de una joven tan bonita como pálida. Era de ojos grandes, pómulos marcados y labios pecaminosos. Le recordó un poco a Nat, aunque su parecido terminaba ahí. Su hermana le sacaba varios centímetros de altura, y era más exuberante.

—¿Qué diablos...?

La expresión de ira del acosador flaqueó significativamente cuando Danilo le pegó un puñetazo que le hizo retroceder varios metros. Por lo visto, ya no se sentía tan fuerte. Pero, a pesar de ello, intentó acercarse otra vez a la asustada Tess.

—Ha interpretado mal la situación —continuó—. Esto es un malentendido.

—Lo dudo mucho —replicó Danilo—. ¿Quiere que llame a la policía, señorita?

—Solo quiero ir a casa.

—¿Llamar a la policía? —preguntó el acosador con una carcajada—. Eso no tiene ni pies ni cabeza, amigo. Es una simple discusión de enamorados.

Tess sintió pánico. ¿Qué pasaría si su salvador creía al lunático de Ben? ¿Qué ocurriría si la dejaba a solas con él?

Por suerte, Danilo no se dejó engañar.

—Ni yo soy su amigo ni eso era una simple discusión de enamorados, como dice. Lo he visto todo. Ha intentado abusar de esta mujer.

—No he intentado abusar de nadie. Tess es mía.

Ella sacudió la cabeza y cerró los ojos, incapaz de mirar. Se acordaba del día en que uno de los novios de su madre la acorraló en la habitación, cerró la puerta y le dijo que se iban a divertir un poco. Solo tenía dieciséis años por entonces, pero no llegó a conocer su concepto de la diversión: el tipo salió huyendo a toda prisa cuando le empezó a lanzar todos sus zapatos nuevos.

–Mire, no estoy de humor para debatir con nadie –dijo Danilo–. O se va ahora mismo o continuamos esta discusión en la comisaría más cercana. Usted decide.

Tess oyó pasos que se alejaban y se concentró en el aroma del hombre que estaba a su lado, el hombre que la había sacado de una situación extraordinariamente difícil.

–Ya puede mirar. Se ha ido.

Ella abrió los ojos y miró al alto desconocido, que le habría parecido impresionante en cualquier situación.

–Le aseguro que lo besaría de buena gana. Pero no se preocupe, no lo voy a besar. Me temo que tengo la gripe –dijo.

Él sonrió, y Tess pensó que no había visto una sonrisa tan sexy en toda su vida. De hecho, era el hombre más sexy que había visto nunca. Llevaba escrito su origen mediterráneo en el negro azabache de su pelo, el tono tostado de su piel y los rasgos angulosos y bien definidos de su cara, de nariz recta y labios asombrosamente sensuales.

–Sé que no es asunto mío, pero ¿no cree que debería elegir mejor a sus novios? –preguntó él con desaprobación.

Ella lo miró con sorpresa, y Danilo se sintió tan incómodo como se sentía cuando daba consejos amorosos a Nat. Pero, a diferencia de Nat, no se burló de él ni puso en duda su experiencia en ese tipo de cuestiones, de las que sabía bastante: al fin y al cabo, había sido uno de esos hombres que ningún hermano querría para su hermana.

–No, lo ha entendido mal, no es mi novio.

Las palabras de Tess sonaron tan débiles que Danilo tuvo miedo de que perdiera el conocimiento, así que le pasó un brazo alrededor de la cintura. Y, entonces, descubrió dos cosas relevantes: que estaba temblando y que, bajo la enorme gabardina que llevaba, había un cuerpo femenino con todas las curvas que debía tener.

–No se irá a desmayar, ¿verdad?

–No –dijo ella, aún asombrada con la belleza de su salvador–. Me encuentro bien.

A Danilo no le pareció una afirmación precisamente sincera, porque estaba muy pálida. Pero se alegró de que tuviera una actitud positiva: no quería terminar con una mujer desmayada entre los brazos.

–Respire hondo. Inspire, espire...

Mientras ella intentaba tranquilizarse, él sacó el teléfono móvil y llamó a su chófer, preguntándose si aún tendría tiempo de volar a Roma.

–Ya estoy mejor –afirmó ella.

Tess lo miró a los ojos. Hasta ese momento, había pensado que los tenía de color castaño oscuro; pero eran de color negro azulado, como un cielo nocturno, con pequeñas motas plateadas que brillaban como estrellas.

–Mi coche llegará en cualquier instante. ¿Quiere que la lleve a algún sitio?

Ella sacudió la cabeza.

–No, gracias. Vivo aquí mismo, en la esquina.

En cuanto pronunció la frase, Tess se dio cuenta de que su casa no era necesariamente lo único que estaba en la esquina. Cabía la posibilidad de que Ben se hubiera escondido entre las sombras. Cabía la posibilidad de que siguiera allí. Y sintió pánico.

—Bueno, me pilla de camino —dijo él.

—¿En serio?

Tess supo que intentaba ser caballeroso, y se sintió agradecida. La idea de encontrarse otra vez con su acosador era tan inquietante que le arrancó un escalofrío.

—No se preocupe. Ya está a salvo.

La amabilidad de Danilo la puso al borde de las lágrimas.

—No sea tan bueno conmigo, por favor —le rogó—. Estoy muy alterada y, si insiste, me pondré a llorar. No suelo ser tan patética, pero...

—¿Sí?

—Ben no es mi novio. Aunque él cree que lo es.

Danilo se encogió de hombros.

—No es necesario que me dé explicaciones, señorita. No es asunto mío —declaró—. La he ayudado porque era lo correcto, y porque tengo una hermana no mucho más joven que usted. Espero que Nat no se encuentre nunca en esa situación; pero, si alguna vez se encuentra, me gustaría que le echaran una mano.

Tess volvió a respirar hondo, intentando recuperar el aplomo. Sin embargo, estaba tan tensa que, al soltar el aire, se estremeció de la cabeza a los pies. Y, por si eso fuera poco, se le escapó una solitaria lágrima.

Danilo se encontró atrapado entre la irritación y la admiración. Irritación, porque no quería que su instinto protector lo dominara y admiración, porque sus ojos le parecieron sencillamente extraordinarios. Eran de color ámbar, tirando a dorado. Y con unas largas y rizadas pestañas negras.

–Le agradezco que haya intervenido en mi defensa, pero no se preocupe por mí. Estoy bien.

Ella le lanzó una mirada tan lastimera que él se acordó de lo que había pasado cuando la golden retriever de la familia tuvo cachorros. Su padre le había prometido que podría elegir antes que nadie y, contra los consejos de todo el mundo, Danilo eligió una perrita de aspecto enfermizo que no parecía tener posibilidades de sobrevivir.

Sin embargo, su mascota sobrevivió. Y aún le demostraba su inmenso afecto y agradecimiento, aunque ya era vieja y no estaba para demasiados trotes.

–Pero si pudiera acompañarme a casa... –continuó Tess–. Siempre que no suponga una molestia, por supuesto.

Tess se estremeció de nuevo. Se sentía muy débil, y no rechazó la ayuda de Danilo cuando el le puso una mano en la espalda. Era consciente de que se estaba comportando como el tipo de mujeres que despreciaba: débiles, dóciles y siempre necesitadas de ayuda masculina. Sin embargo, se acababa de encontrar con su acosador en un callejón oscuro. Y, para empeorar las cosas, tenía la gripe.

Capítulo 2

MIENTRAS caminaban, ella cayó en la cuenta de que ni siquiera le había dicho su nombre, y decidió corregir el olvido. Al fin y al cabo, aquel hombre la había sacado de una situación muy peligrosa.

—Por cierto, me llamo Tess.

—Encantado de conocerla. Yo soy Danilo... Danilo Raphael.

Tess pensó que tenía nombre de ángel y que era de lo más apropiado para una persona que se dedicaba a salvar a la gente.

—¿A la derecha? ¿O a la izquierda? —preguntó él al final del callejón.

Ella tardó un momento en responder. Danilo le había parecido impresionante en la penumbra; pero, al verlo a la luz de las farolas, llegó a la conclusión de que se había equivocado. No era impresionante: era sencillamente arrebatador. No había nada en él que no fuera perfecto. Y no solo en su cara, sino en todo lo demás.

Al parecer, había saltado de la sartén al fuego. Su salvador tenía más peligro que el canalla de aspecto corriente que le estaba haciendo la vida imposible. Era alto como una torre y oscuro como la noche; un hombre que habría llamado la atención en cualquier lugar, llevara lo que llevara puesto.

Tess desconfió inmediatamente de él, pensando que tanta perfección no podía ser buena; pero se acordó de lo que solía decir su madre: que no se puede juzgar un libro por la portada. Aunque su madre no era la más adecuada para decirlo, teniendo en cuenta que estaba obsesionada con su imagen pública.

—A la derecha —contestó al final—. Es la cuarta casa, la de la puerta roja.

Danilo la llevó hasta el edificio, de aspecto tan victoriano como todos los demás. Y, al ver las filas de nombres que había en el portero automático, frunció el ceño. O era más grande de lo que parecía, o los pisos tenían el tamaño de una caja de fósforos.

—La acompañaré a su casa.

—No hace falta.

Justo entonces, un coche se detuvo a pocos metros. Era tan elegante como Danilo, y ella supo que le pertenecía.

—Su coche ha llegado —dijo.

—Ah, sí. Espéreme, por favor. Solo tardaré un momento.

Él se acercó al vehículo y habló con el conductor. Tess sintió la tentación de abrir el portal, entrar el edificio y cerrar la puerta; pero se contuvo porque habría sido un acto de lo más embarazoso, además de ingrato.

Su salvador volvió segundos después.

—Pase usted primero.

Ella suspiró y abrió el portal.

—Como quiera, pero vivo en el último piso.

Danilo miró la empinada escalera y preguntó:

—¿No hay ascensor?

—Me temo que no.

A Tess le temblaban las piernas, y empezó a subir los escalones de uno en uno porque tenía miedo de trastabillar. Danilo la siguió con tanta paciencia como pudo, hasta que se cansó de ir a paso de tortuga y decidió tomar cartas en el asunto. No podía perder toda la noche, así que se acercó y la levantó entre sus brazos.

Ella se quedó completamente desconcertada.

—No es necesario que me lleve —acertó a decir.

—Por supuesto que lo es. Iba tan despacio que empezaba a perder el deseo de vivir —replicó con ironía.

Tess guardó silencio e intentó adoptar una actitud digna, aunque las circunstancias se lo impidieron. El contacto de su cuerpo era demasiado inquietante. Su calor era demasiado inquietante. Todo era demasiado inquietante.

Por fortuna, él la soltó en cuanto llegaron a la última planta.

—Gracias. Es muy amable.

Él arqueó una ceja.

—No soy amable.

—Pues a mí me lo parece —dijo, buscando las llaves en los bolsillos—. En fin... gracias de nuevo, y buenas noches.

Danilo contempló su obstinada barbilla y bajó la mirada por su cuello cuando ella se desabrochó el botón superior de la enorme gabardina. Estaba demasiado pálida y, en apariencia, demasiado delgada; pero tenía una piel muy bonita, y se preguntó qué tal estaría con otro tipo de ropa, menos lamentable.

—No han sido muy buenas para usted –comentó.

Ella suspiró y se echó el cabello hacia atrás. Por lo visto, Danilo tenía intención de quedarse allí hasta que abriera la puerta. Pero las manos le temblaban tanto como las piernas, y no podía girar la llave en la cerradura.

—Es que tiene truco –se excusó.

Tess se sintió tan frustrada que sintió el deseo de liarse a patadas con la puerta; especialmente, porque la impaciencia de su salvador era tan obvia como su propio nerviosismo. Sin embargo, contuvo sus impulsos y lo volvió a intentar.

Esta vez, la llave giró.

—Gracias de nuevo –dijo entonces–. No se preocupe por mí. Estoy bien.

Tess entró en su domicilio y encendió la luz de lo que parecía haber sido las habitaciones de los criados antes de que dividieran el edificio en varios pisos. Danilo cerró los ojos un momento y se maldijo por sentirse responsable. ¿Qué estaba haciendo allí? La vida de aquella mujer no era asunto suyo. Sería mejor que se despidiera y se marchara.

Pero no la podía dejar en ese estado.

—A mí no me parece que esté bien.

Tess lo miró en silencio, incapaz de mentir. Era evidente que no estaba bien. Se había encontrado con su acosador, corría el peligro de desmayarse y, encima, le preocupaba su aspecto. A fin de cuentas, llevaba un pijama y una gabardina de un hombre mucho más grande que ella.

–¿Quiere que llame a alguien y le pida que se quede con usted? –se ofreció Danilo–. No debería estar sola.

Ella pensó que tenía razón. No debía estar sola. Y no lo habría estado si no hubiera sido porque la gripe había destrozado su plan de pasar unos días con Lily y Rose, dos amigas y compañeras de trabajo que ahora estarían en la playa, disfrutando del sol y, quizá, de alguna aventura romántica.

Solo había dos personas más a las que pudiera acudir: Fiona y su madre. Y tenía buenos motivos para no llamarlas.

Si hablaba con Fiona y le contaba lo sucedido, dejaría todo lo que tuviera entre manos y se presentaría en el piso de inmediato. Pero estaba con su hermana y sus sobrinas, que se volvían a Hong Kong al día siguiente, y no le podía hacer esa canallada.

En cuanto a su madre, no tenía la menor duda de que la habría ayudado; pero, si se llegaba a enterar de que un individuo la estaba acosando, la historia saldría en todos los medios de comunicación del país. Beth Tracy era una mujer muy ambiciosa y, aunque quería a su hija con toda su alma, no renunciaría a la posibilidad de salir en televisión y hacer campaña política a costa de ella.

Tess volvió a mirar al imponente hombre que la había salvado. Su ángel de la guarda se había acercado un poco más y se había detenido ante el umbral del piso, lo cual le pareció vagamente inquietante.

—No tengo a nadie a quien pueda llamar —respondió—. Pero no es necesario. Estoy así por culpa de la gripe.

—¿Y qué pasa con ese tipo? ¿Va a hacer como si no hubiera pasado nada?

Ella frunció el ceño con irritación. Aunque Danilo hubiera salido en su defensa, se estaba metiendo en asuntos que no le correspondían.

—Lo voy a intentar, sí.

Danilo se fijó en la fila de cerrojos que Tess había instalado, y se preguntó cómo era posible que una persona admitiera relaciones tan venenosas y se condenara a sí misma a vivir encerrada. Sencillamente, no lo entendía.

—Su novio no va a cambiar, señorita.

—No es mi novio —insistió ella, que empezaba a estar harta.

Danilo le lanzó una mirada sarcástica, y Tess abrió la boca para repetir otra vez que no estaba saliendo con Ben. Pero, ¿qué sentido tenía? Era un desconocido. Su opinión carecía de importancia. No estaba obligada a dar explicaciones.

En lugar de hablar, se concentró en la tarea de desabrocharse los botones de la gabardina de Matt. El novio de Fiona no era un hombre particularmente grande, pero Tess estaba tan débil que no soportaba ni el peso de su prenda. Y la actitud de Danilo tampoco ayudaba mucho. ¿Por qué no se marchaba? ¿A qué venía ese silencio cargado de desaprobación? ¿No tenía nada mejor que hacer?

Por fin, la gabardina cayó al suelo. Y Tess, que no se molestó en recogerla, dijo:

–Bueno, me voy a la cama. Gracias por su ayuda.

Danilo no se movió.

–No puede vivir así, señorita.

–¿Vivir cómo?

Él señaló los cerrojos de la puerta.

–¡Esto es intolerable! *¡Madre di Dio...!* ¿Cuánto tiempo lleva en estas circunstancias?

Tess volvió a suspirar.

–Mire, no quiero hablar de ese asunto. Además, lo de esta noche ha sido una excepción. Ben nunca había llegado tan lejos.

–Pero ha hecho otras cosas, ¿verdad? –preguntó–. Y usted lo justifica porque sigue enamorada de él.

–Nunca he estado enamorada de él. Apenas lo conozco.

Justo entonces, Danilo bajó la cabeza y se fijó en lo que llevaba.

–¿Qué es eso? ¿Un pijama?

Tess se ruborizó.

–¡Sí, en efecto, un pijama! –dijo, perdiendo la paciencia–. Puede que usted no los use, pero a mí me gustan.

Danilo supo que había cruzado una línea peligrosa. Su conciencia y su sentido de la responsabilidad lo habían empujado a intervenir en defensa de aquella mujer, pero había otro factor igualmente importante: que le recordaba mucho a su hermana. Y, aunque no había podido salvar a Nat, aún estaba a tiempo de salvar a Tess.

–Usted merece algo mejor, señorita. El mundo está lleno de hombres que no se dedican a torturar a nadie.

–¿Cómo quiere que se lo diga? Ese tipo no es mi novio. Él cree que lo es, pero solo es una persona con quien coincidía en la parada del autobús.

–¿En serio? –preguntó con desconfianza.

Tess asintió.

–Nunca cruzamos más de un par de palabras, lo típico en esas situaciones. Y luego, me empezó a acosar –dijo–. Al principio, se dedicaba a enviarme mensajes y a presentarse donde yo estuviera. Incluso llegó a ir al colegio... Pero no hizo nada malo, y pensé que se cansaría si no le hacía caso.

–Y no se cansó.

–No. El mes pasado entró en mi casa y me dejó unas rosas y una botella de champán. Desgraciadamente, no tengo pruebas de que fuera él.

Danilo gruñó.

–Si lo hubiera sabido antes, lo habría estrangulado.

–Bueno, puede que le haya pegado la gripe –bromeó Tess.

–¿Ha hablado con la policía?

–Sí, pero no me ha amenazado ni me ha hecho daño en ningún sentido. Y, como ya le he dicho, no puedo demostrar que entrara en mi casa –contestó–. ¿Cómo he podido ser tan estúpida? Si no hubiera hablado con él en la parada del autobús, si no hubiera...

–Oh, vamos –la interrumpió–. No es culpa suya.

–Lo sé, pero no dejo de pensar que podría haber

hecho algo para evitarme esta situación –dijo, llevándose una mano a la cabeza–. Supongo que debería llamar a la policía y contarles lo que ha pasado.

–¿Solo lo supone?

Tess cerró los ojos un momento.

–Esta noche no estoy en condiciones de ir a comisaría –se defendió–. Y, por favor, deje de presionarme.

Un segundo después, Tess soltó un estornudo monumental. Danilo sacó un paquete de pañuelos y se lo dio.

–Gracias.

–¿Qué piensa hacer ahora?

Ella se encogió de hombros.

–Tenía intención de tomarme un té, pero no he podido comprar leche, así que tendré que improvisar.

Tess le dio la espalda y se dirigió a la cocina, de donde salió con una botella de brandy y una copa que había dejado a secar.

–Oh, discúlpeme por no haberle ofrecido. ¿Le apetece?

Danilo entró en el piso, miró la marca de la botella y sacudió la cabeza.

–No, gracias. ¿Seguro que es prudente que beba?

Tess encontró las energías necesarias para lanzarle una mirada asesina, pero no las suficientes para llegar al sillón. Se dejó caer en el sofá, que estaba más cerca y, tras cerrar los ojos, echó un buen trago.

–Me extraña que deje entrar en su casa a un desconocido –dijo él–. A fin de cuentas, es víctima de acoso.

Tess se quedó atónita. No era precisamente una mujer confiada. De hecho, tenía una veta paranoica que se debía en parte a su experiencia con el exnovio de su madre. Y no era necesario que ningún psicólogo se lo dijera. Lo sabía de sobra. Como sabía que esa veta había complicado bastante su vida sexual.

Pero un segundo más tarde, cuando volvió a admirar la cara de aquel hombre asombrosamente sexy, se preguntó cómo era posible que no se sintiera amenazada por él. ¿Sería un efecto secundario de la gripe? ¿O simple y pura estupidez?

–No me diga que estoy ante otro cretino que se cree enamorado de mí –ironizó.

Danilo soltó una carcajada.

–No.

Tess supo que no pretendía ofenderla. Se había limitado a responder a su broma. Pero, por algún motivo, se sintió tan humillada que, si hubiera tenido fuerzas para hablar, le habría informado de que tenía éxito con los hombres y de que nunca le faltaban ofertas. Lo cual, por otra parte, era verdad.

Ya no era una adolescente de dieciséis años con acné y pocas curvas. Ya no era la jovencita a la que el novio de Beth había insultado cuando ella lo rechazó, diciendo que tenía suerte de que alguien la encontrara atractiva. El acné desapareció con el tiempo y, aunque sus curvas no se volvieron demasiado voluptuosas, los chicos empezaron a buscar su compañía.

Por desgracia, Tess descubrió pronto que su físico los inducía a error. Al ser baja y de aspecto delicado, llegaban a la conclusión de que era frágil física o mentalmente. La trataban como si fuera una figurilla de cristal que se pudiera romper en cualquier momento y, cuando se daban cuenta de que estaban con una mujer de carácter, se desilusionaban y se iban.

Ben era el único hombre que había querido estar con ella por lo que era. Pero eso no la dejaba en buen lugar, teniendo en cuenta que estaba loco.

¿Habría hecho algo para merecer esa suerte?

De vez en cuando, intentaba convencerse de que su vida amorosa no era un fracaso, y de que solo estaba esperando al hombre correcto. Sin embargo, había otra posibilidad: que fuera responsable de su desgracia, que se hubiera convertido en una de esas personas que echaban la culpa de todo a los otros, incapaces de asumir sus defectos. Incluso era posible que no le gustara el sexo, y que por eso huyera de él.

—Supongo que me considera una especie de tonta que ha provocado a quien no debía y ahora paga las consecuencias.

—No debería preocuparse por lo que piensen los demás.

Tess guardó silencio.

—¿Ha oído lo que acabo de decir? —insistió Danilo.

—Perfectamente. Ha dicho que no está enamorado de mí.

Él sonrió.

–Si me permite una sugerencia...

–¿Qué tipo de sugerencia? ¿Qué ponga más cerraduras? ¿Que me vaya a vivir al archipiélago de las Hébridas? Créame, ya lo he pensado.

–No, su puerta no tiene espacio para más cerraduras. Y, en cuando a las Hébridas, llueve demasiado.

Danilo se volvió a preguntar por qué insistía en ayudar a Tess. No era problema suyo, aunque despertara su instinto protector. Además, ella no quería nada y él ya había hecho todo lo que podía hacer.

Entonces, ¿por qué?

No lo tenía muy claro. Él no era un héroe; no era como su hermana, la mujer más valiente que había conocido. Y por otra parte, tampoco sentía el menor deseo de interpretar ese papel. Pero el destino le había ofrecido la oportunidad de salvar a alguien sin necesidad de esforzarse mucho ni sacrificarse de ninguna manera.

–¿Cuándo tiene que volver a la universidad?

–¿A la universidad? –dijo ella–. No es una universidad, sino un colegio. Trabajo allí. Soy profesora.

Él parpadeó.

–¿Profesora?

Tess echó otro trago de brandy y contestó:

–Sí, y muy buena.

Danilo estaba atónito. Cuando Tess mencionó que su acosador se había presentado en el colegio, él supuso que se refería a un colegio universitario y que ella era una simple estudiante. Pero, por lo visto, se había equivocado.

—¿Y qué enseña?

—Doy clases de educación primaria. Empecé como profesora suplente, y luego me pusieron a trabajar con un niño que sufría distrofia muscular —explicó—. Pero ahora estoy en las clases normales.

—Vaya... —declaró él, ladeando la cabeza—. ¿Y dice que ese hombre se atrevió a presentarse en su trabajo?

—Sí, aunque no llegó a entrar. Estaba fuera, esperándome.

Él frunció el ceño.

—Si sabe dónde trabaja, también sabrá dónde vive —observó.

—Por supuesto que lo sabe. Si no lo supiera, ¿cómo podría haber entrado en mi casa? Pero gracias por recordármelo —dijo con sorna—. Me ha animado tanto que dormiré a pierna suelta.

—No intentaba animarla.

—No me diga.

—Intento encontrar una solución, señorita. Ese tipo es peligroso, y parece capaz de cualquier cosa —afirmó—. En mi opinión, solo tiene dos opciones: acudir a los tribunales o...

—¿Vivir en el terror? —lo interrumpió, soltando una carcajada amarga.

—No. Marcharse a Italia —contestó—. Allí no la encontrará.

—¿A Italia? ¿Y por qué no a Australia? Siempre he querido hacer surf —dijo en tono de broma—. Hágame caso... No se dedique a la comedia. No es lo suyo.

—Estaba hablando en serio. Mi hermana vive en

mi casa, y me vendría bien que alguien cuidara de ella cuando yo no estoy.

—¿Me está ofreciendo un empleo de niñera?

—Natalia no es una niña. Está a punto de cumplir los diecinueve —dijo—. Por cierto, ¿cuántos años tiene usted?

—Veintiséis.

Él asintió.

—Natalia sufrió un accidente, y está en una silla de ruedas. Además, se siente sola porque la mayoría de sus amigos se han mudado a otros sitios. Necesita compañía.

—¿No puede estar con sus padres?

—Me temo que no. Murieron en ese accidente.

Tess se quedó pálida.

—Lo siento muchísimo —dijo—. Pero no puedo trabajar para usted.

—¿Por qué no?

—Porque ya tengo un empleo. No me puedo ir así como así.

Danilo la miró durante unos instantes, le dio una tarjeta con un número de teléfono y dijo, como si hubiera perdido interés en el asunto:

—Llame cuando haya tomado una decisión. Es el número de Helena, mi ayudante. Llegado el caso, ella se encargaría de solventar las cuestiones prácticas, como estudiar sus referencias profesionales y organizar los vuelos. Pero, si decide aceptar mi oferta, estaría bien que viajara a Italia a finales de semana, el jueves o el viernes.

Tess no salía de su asombro. Aquel desconocido le estaba pidiendo que lo dejara todo y se fuera a

Italia. Aunque, pensándolo bien, no era una idea tan descabellada: se libraría temporalmente de Ben y tendría ocasión de conocer un país que siempre había querido conocer.

–¿Necesita referencias?

–Por supuesto –dijo él–. Espero que no sea un problema.

–En absoluto.

–Entonces, me voy. Pero eche los cerrojos cuando salga.

Tess se quedó dormida en el sofá, con la tarjeta de Danilo Raphael en una mano. Despertó alrededor de las dos de la madrugada y, cuando vio que no había echado los cerrojos, se estremeció. Sin embargo, el brandy y los analgésicos la habían ayudado a descansar un poco, y se sentía mejor que antes.

Su salvador le había hecho una oferta tan inesperada como tentadora, una oferta que estaba dispuesta a considerar. Pero solo después de echar los cerrojos.

Capítulo 3

FIONA se quedó horrorizada cuando le dijo lo que tenía intención de hacer.

–¿Te has vuelto loca, Tess? ¡No sabes nada de ese hombre! Y no me digas que te ha dado su tarjeta, porque cualquiera puede imprimir esas cosas –comentó–. Podría ser algún tipo de pervertido.

–No soy estúpida, Fiona. Lo he investigado en Internet.

Tess estuvo a punto de añadir que su ángel de la guarda era una especie de leyenda en Italia, pero habría sonado tan exagerado que, en lugar de decirlo, se conectó a Internet con el móvil y se lo dio.

–Míralo tú misma.

Fiona se quedó boquiabierta.

–¡Dios mío! ¡Qué maravilla! –exclamó–. ¿Ese hombre te ha rescatado?

–No se puede decir que me rescatara. Se limitó a aparecer en el momento preciso –dijo, restándole importancia.

Fiona no podía apartar la vista de la pantalla.

–¿Es tan guapo como parece? ¿O la imagen está retocada?

Tess pensó que era enormemente más sexy de lo que parecía en las fotos, como demostraba el hecho de que siempre estuviera rodeado de mujeres impresionantes. Pero, a pesar de ello, declaró:

–Parece mayor en persona.

–¡Guau! ¡Qué pedazo de hombre!

Tess hizo caso omiso del comentario de Fiona y se giró hacia la maleta para seguir guardando sus cosas.

–Odio hacer el equipaje –protestó–. Nunca sé qué llevar.

–No te preocupes por la ropa. Si yo tuviera tu figura, no me preocuparía por nada. Estarías bien aunque te pusieras un saco de patatas –Fiona le devolvió el teléfono–. Pero, ¿a qué se dedica ese semidiós cuando no está salvando a nadie?

–A ganar dinero.

–Suena cada vez mejor.

–Por lo que he podido descubrir, antes se dedicaba a comprar empresas en quiebra y a sacarlas a flote. Pero hace dos años, cuando sus padres murieron, se hizo cargo de la empresa familiar –dijo–. Tienen intereses en muchos sectores.

–¿Y qué sabes de su vida privada?

–Bueno, parece que ha sentado la cabeza y que ya no va a tantas fiestas como antes.

–No me digas que se ha casado.

Tess se encogió de hombros, aunque le disgustó la idea de que Danilo estuviera casado. Y ni siquiera supo por qué.

–¿Eres consciente de que has encontrado un verdadero tesoro? –preguntó su amiga–. Guapo, rico y encantador.

–Yo no he dicho que sea encantador.

–Oh, vamos, deja de fingir que no te gusta.

–Puede que no lo creas, pero no voy a Italia a hacer manitas con Danilo, sino a cuidar de su hermana –dijo–. Además, es posible que no lo llegue a ver.

Danilo empezaba a estar cansado de la curiosidad de Franco. Sin embargo, le había hecho una pregunta directa, y no tuvo más remedio que responder.

–Es pequeña, delicada y de ojos grandes, una especie de ratoncito. Supongo que tendrá aspecto de estar completamente perdida. Pero, ¿por qué me miras así? ¿Qué esperabas? ¿Que fuera una súper modelo?

Su primo sonrió.

–Las modelos no tienen nada de malo –dijo–. ¿Y qué quieres que haga con ese ratoncito?

–Llevarla a casa. Nat la estará esperando.

–¿Pretendes que me quede con ellas como si fuera su niñera? Tengo una reunión importante a última hora de la mañana.

–No, no hace falta que te quedes. Tu prima Angelica se encargará de ella y le presentará a Nat –contestó–. Pero, cambiando de asunto, ¿qué tal va la organización de la fiesta? ¿Han surgido más problemas?

–No, solo unos cabos sueltos. Quiero que sea perfecta.

–Me alegro.

Danilo lo miró con intensidad, como para dejarle claro que la fiesta le importaba muy poco. Y como Franco tenía prisa, lo dejo estar y se limitó a decir:

—Muy bien. En ese caso, la llevaré a tu casa y me marcharé.

Tess pasó el control de pasaportes cuando ya lo había pasado casi todo el pasaje. Y no fue culpa suya, sino de la anciana con la que había entablado conversación durante el vuelo: caminaba tan despacio que tardaron mucho en llegar.

Nunca habría imaginado que la lenta y tranquila señora era la matriarca de una enorme y ruidosa familia, que la estaba esperando en el exterior; pero, minutos después, se encontró en mitad de un montón de italianos que reían y se abrazaban. Fue de lo más desconcertante. Sobre todo, por el adolescente que le dio un beso y se apartó ruborizado al darse cuenta de que no la conocía.

—*Signora, mi dispiace* —se disculpó.

La anciana soltó una carcajada y dijo:

—Os presento a Tess. Ha tenido la amabilidad de darme la mano durante el viaje y de acompañarme hasta aquí.

—Bueno, yo también necesitaba que me dieran la mano —replicó Tess—. Detesto volar.

—¿La está esperando alguien, señorita? —preguntó un hombre que se identificó como el hijo de la anciana.

Tess asintió mientras echaba un vistazo a su alrededor. Para entonces, solo quedaba otra persona en la sala de llegadas, y supuso que sería alguno de los ayudantes de Danilo. Era un joven de traje caro y expresión impaciente que llevaba las manos en los bolsillos.

–Sí, me están esperando –contestó, antes de girarse hacia la anciana–. Ha sido un placer, señora Padrone. Y felicidades por su primer nieto.

Franco se quedó perplejo cuando una mujer de pelo largo, botas altas y falda corta se detuvo delante de él. Tenía unas piernas impresionantes, y una sonrisa tan increíblemente sexy que le quitó el disgusto que tenía, porque empezaba a pensar que la amiga de Danilo se había marchado sin que la viera.

–Disculpe, ¿me está esperando a mí?

–Llevo toda la vida esperándote, *cara*.

Ella arqueó una ceja, sin dejar de sonreír.

–¿Tanto he tardado?

Por primera vez en mucho tiempo, Franco se quedó sin habla. Estaba más que acostumbrado a salir con mujeres preciosas, pero aquella tenía algo especial. Y no encajaba en absoluto con la descripción de su primo.

–¿Le ha enviado el señor Raphael? –continuó Tess–. Al verlo aquí, he pensado que...

–Sí, claro, es que...

Tess clavó sus ojos en los del atractivo y turbado italiano. Estaba tan nerviosa como él, aunque por motivos distintos. ¿Había hecho lo correcto al aceptar la oferta de Danilo? ¿O había cometido el peor error de su vida?

–Permítame que me presente. Soy Tess Jones.

Franco sacó fuerzas de flaqueza y sonrió.

–Y yo soy Franco, el primo de Danilo –dijo–. Te lo habría dicho antes, pero supuse que serías otra persona.

Ella lo miró con curiosidad.

–¿Otra persona?

Franco no le podía decir que estaba esperando a una mujer muy diferente, con aspecto de ratoncito; así que señaló al grupo que rodeaba a la anciana y declaró:

–He pensado que estabas con ellos.

–¿Con los Padrone? No, ni mucho menos. Los acabo de conocer –explicó–. Carlita y yo nos hemos puesto a charlar en el avión. Es una mujer muy interesante. Su hija pequeña vive en Londres, y acaba de tener un niño.

Justo entonces, los Padrone se dirigieron a la salida de la terminal. Y Tess los saludó con la mano.

–¿Puedo preguntarte una cosa? ¿Cómo conociste a Danilo?

–Bueno, es una historia larga de contar. Digamos que se portó bien conmigo. Fue muy amable –contestó.

Tess se frotó el puente de la nariz, desconcertada momentáneamente con el recuerdo del olor y la agresividad manifiesta de Ben. Fue tan real que lo sintió como si estuviera a su lado, y se maldijo a sí misma por permitirlo. A fin de cuentas, no tenía sentido que huyera a Italia para librarse de él y lo llevara en sus pensamientos.

–Ah, comprendo...

Franco lo dijo por decir algo, porque no lo comprendía en absoluto. ¿Amable? ¿Danilo? Su primo era una buena persona, pero nadie lo habría definido como amable. Y tuvo que hacer un esfuerzo para disimular su estupefacción.

Ya era medianoche cuando Danilo pasó ante las cámaras de la entrada de la propiedad y condujo por el largo camino que llevaba al Palazzo Florentina. El viejo palacio de la Toscana había sido el hogar de los Raphael durante varias generaciones, y había pasado a ser su hogar tras la muerte de sus padres.

El camino se dividía poco antes de llegar al edificio, cuya torre asomó entre los árboles. Danilo giró a la derecha y miró los establos del patio delantero, construidos con el mismo tipo de piedra dorada. Su madre adoraba montar, y se había gastado una fortuna en caballos que él tenía intención de vender. Pero nunca encontraba el momento de venderlos. Quizá, porque le recordaban a ella.

Dejó atrás los establos y se dirigió al garaje, que estaba en el lado opuesto. El resto de las construcciones secundarias eran casas que pertenecían a distintas personas, incluido un primo lejano. Angelica, que había asumido el cargo de ama de llaves tras la muerte de su esposo, vivía en la única que tenía jardín.

En lugar de entrar en el garaje, aparcó el vehículo en la zona adoquinada y se giró hacia el apartamento de Franco, que también vivía allí. No había luz en las ventanas, aunque tampoco le extrañó: solo pasaba la noche en el palazzo cuando no tenía compañía femenina.

Danilo frunció el ceño con desaprobación. ¿O era envidia? Fuera lo que fuera, no estaba en posición de juzgar a su primo. Al fin y al cabo, había llevado una vida más licenciosa que la suya. Y ni siquiera se podía decir que viviera como un monje. Pero ya no se acostaba con tantas mujeres como antes.

Hasta su familia, que alguna vez lo había acusado de ser una desgracia para los Raphael, lo consideraba ahora un hombre responsable. Había cambiado de actitud. Había cambiado su imagen pública. Se había convertido en un miembro valioso de la sociedad. Y hasta él mismo habría creído en la sinceridad de su transformación si no hubiera tenido la sospecha de que los estaba engañando.

Sin embargo, eso no le quitaba el sueño. Nunca le había importado lo que pensaran de él. Solo le importaba una cosa: conseguir que su hermana volviera a caminar.

Salió del coche, dejando las llaves en el contacto y atajó por el bosquecillo de cedros, encantado de sentir la brisa en la piel. Había sido una jornada agotadora. Tras toda una mañana y toda una tarde de trabajo, se había ido a cenar con el director de una empresa, pensando que iban a hablar de negocios; pero el hombre se llevó a su mujer y, al final, no hablaron de nada serio ni tomaron ninguna decisión.

Mientras lo pensaba, Danilo se dio cuenta de que

la mujer del director no era la única culpable. Él también tenía su parte de responsabilidad. Había permitido que el recuerdo de unos ojos dorados lo distrajera de sus obligaciones.

¿Por qué diablos la había contratado? Era una de esas ideas que parecían buenas al principio y espantosas después. De hecho, cruzó los dedos para que su ratoncito se asustara y rechazara la oferta. Pero la había aceptado, y supuso que ahora estaría en su habitación, sintiéndose completamente fuera de lugar.

Solo esperaba que Nat no hubiera sido demasiado dura con ella. A fin de cuentas, se había enfadado mucho cuando le contó que había contratado a una inglesa para que le hiciera compañía:

—¿Cómo? ¿Crees que necesito una niñera?

—¿Quién ha dicho nada de una niñera? Será una amiga, más bien.

—Ah, magnífico —dijo con sorna—. Solo me crees incapaz de hacer amigas, así que me has comprado una.

—Eso no es cierto, Nat. Pero si no te gusta, la despediré —replicó, intentando tranquilizarla.

—Seguro que ni siquiera sabes su nombre.

—Se llama Tess.

—¿Me has tomado por estúpida? Sé lo que estás haciendo. Quieres un perro guardián que me vigile y te informe de lo que hago.

—Mira, Nat...

—¿Es que no te fías de mí? Te dije que no volvería a ver a Marco.

A Danilo se le encogió el corazón cuando los

ojos de su hermana se llenaron de lágrimas. Ya no estaba tan seguro de haber hecho bien al prohibirle que viera a Marco. Desde su punto de vista, el chico era una mala influencia; pero Nat no estaba de acuerdo con él y, aunque hubiera acatado sus órdenes, era obvio que había cambiado: hasta entonces, nunca se había atrevido a llevarle la contraria.

Preocupado, entró en el palazzo y se dirigió a la monumental escalinata del vestíbulo principal. Y justo entonces, oyó música y una sucesión de carcajadas, que reconoció al instante.

—Maldita sea, Franco —dijo—. Esta vez me vas a oír.

Danilo supuso que estaba ante una repetición de lo que había sucedido una vez. Su primo se había montado una fiesta con un grupo de amigos, y se habían emborrachado tanto que habían dejado un rastro de destrucción por toda la casa. Lo encontró en la biblioteca, junto a una rubia medio desnuda y, cuando le recriminó su actitud, Franco lo acusó de estar celoso.

—¿Es que siempre tienes que forzar las cosas?

Tras abrir y cerrar un par de puertas, llegó a la conclusión de que la música y las carcajadas procedían de la sala de cine, que estaba en el sótano. Lo de la sala de cine era una de esas ideas que le habían parecido buenas en su momento. Como tenía que hacer obras para que su hermana pudiera ir por el palacio en silla de ruedas, aprovechó la circunstancia y reformó también el sótano. Pero no bajaban casi nunca.

Cuando por fin llegó, se quedó completamente

confundido. No era lo que había imaginado. Solo había tres personas, que estaban viendo el final de una película en blanco y negro: Franco, Nat y una segunda mujer que no reconoció. Sin embargo, eso no le sorprendió tanto como el humor de su hermana: reía como si fuera la mujer más feliz del mundo, como si volviera a ser la encantadora y feliz jovencita que había sido.

–¡Eres un verdadero cerdo, Franco! –gritó Nat, lanzándole un puñado de palomitas.

Obviamente, Danilo no sabía de qué estaban hablando, pero sonrió de todas formas. Su primo se había sentado en el suelo, con una botella de cerveza; Natalia estaba en su silla, como de costumbre, y la desconocida descansaba en uno de los enormes sillones de cuero.

¿Quién podía ser?

Danilo dio por sentado que sería alguna de las amantes de Franco, y la miró con curiosidad. Pero su curiosidad se transformó enseguida en otra cosa. Era una mujer impresionante. Tenía unas piernas de escándalo, que sus vaqueros ajustados contribuían a enfatizar. Y, cuando clavó la mirada en su camiseta, se dejó llevar por el deseo y fantaseó brevemente con las curvas que ocultaba.

Al darse cuenta de que se estaba excitando, se maldijo a sí mismo con todas sus fuerzas. ¿Es que se había vuelto loco? No podía desear a una de las novias de su primo. No podía caer tan bajo.

Justo entonces, ella giró la cabeza y le ofreció un perfil de barbilla obstinada y labios pecaminosos. Era increíblemente atractiva, la criatura más bella que había visto jamás. Y, por si Danilo no tuviera ya suficientes problemas con su libido, soltó una carcajada ronca y baja que la desbocó por completo.

No recordaba haberse sentido así en toda su vida. Había estado con muchas mujeres, pero ninguna le había provocado un cortacirtuito sexual de tal magnitud.

—¡Danilo! —dijo entonces su hermana—. ¿Cuándo has llegado?

La desconocida lo miró entonces y, cuando él vio sus preciosos ojos de color ámbar, tuvo la certeza de que la había visto antes en algún sitio. Sin embargo, estaba tan excitado que su cerebro había dejado de funcionar. Y, por otra parte, no podría creer que conociera a semejante maravilla y la hubiera olvidado.

Tras unos segundos de desconcierto, reaccionó y caminó hacia su hermana. Goldie, la perra, se levantó y le salió al paso. Danilo la acarició y le dio una de las galletas que siempre llevaba en el bolsillo.

—Para que conste, yo no he tenido nada que ver con la elección de la película —dijo su primo, que se puso en pie.

Franco ofreció una mano a la mujer del sofá, que la rechazó con expresión de suficiencia y se incorporó con la elegancia de una bailarina. Estaba descalza, y llevaba las uñas de los pies pintadas de rosa.

Danilo pensó que había algo asombrosamente etéreo en ella, como si se hubiera escapado de un cuadro de Degas. Y entonces, su vista se clavó en unos ojos que le resultaron más que familiares: unos ojos grandes, de color ámbar, con pestañas larguísimas.

¿Cómo era posible que no la hubiera reconocido?

Era Tess Jones. La arrebatadora y sensual desconocida que lo había dejado sin aire era nada más y nada menos que su ratoncito inglés: la griposa a la que había salvado en un acceso de caballerosidad.

Capítulo 4

LA IMAGEN de una criatura perdida y vulnerable apareció un momento en la mente de Danilo y se desvaneció como si se estuviera burlando de él, sustituida por la de una mujer salida de una fantasía erótica. O, por lo menos, de sus fantasías eróticas.

Tess se puso en cuclillas con la misma gracia felina que había demostrado al levantarse y acarició a la perra, que le pegó un lametazo en la nariz.

–¡Goldie! –protestó Danilo.

Tess se volvió a incorporar, se metió las manos en los bolsillos de los vaqueros y puso recta la espalda, recordando a Danilo el único detalle que, por lo visto, no había cambiado desde su encuentro en el callejón: que no llegaba ni al metro sesenta de altura.

Era ella. No había ninguna duda. Pero parecía otra.

–No me importa que me lama. Es encantadora –dijo Tess–. Cuando era niña, habría dado cualquier cosa por tener un perro; pero mi madre se negaba porque decía que llenan la ropa de pelos.

El desconcierto de Danilo se transformó en rabia. Había sido un idiota. Llevaba todo el día dando vueltas a la posibilidad de haber hecho mal al ofrecerle un empleo en Italia. Se sentía culpable. Se decía que, si hubiera querido ayudar a Tess de verdad, la habría llevado a comisaría o habría denunciado él mismo la situación. Tenía miedo de que su ratoncito no pudiera ser feliz lejos de casa.

Sin embargo, se comportaba con tanta naturalidad como si hubiera crecido en el palazzo. Era como si hubieran cambiado de papeles y él se hubiera convertido en el extraño, el forastero, el intruso en su propio hogar.

Aquella mujer no necesitaba que cuidaran de ella. Parecía capaz de cuidar de sí misma. Y, por algún motivo, se sintió engañado.

—Buenas noches, señor Raphael —dijo ella, apartándose un mechón de la cara.

—Buenas noches, señorita Jones. Espero que haya tenido un vuelo tranquilo.

Tess sabía que su táctica había surtido efecto. Danilo estaba claramente sorprendido con su cambio de apariencia. Pero, por lo demás, no había conseguido nada: aún se hablaban como si fueran personajes de una novela de Jane Austen

—Sí, descontados el despegue y el aterrizaje, ha sido un vuelo bastante agradable. Gracias por preguntar.

Natalia se giró hacia él y lo miró como si su resentimiento y su tristeza hubieran desaparecido por completo. Y Danilo se preguntó qué habría causado semejante transformación.

—Quédate con nosotros —dijo Nat—. Podemos ver otra película.

Su hermano sacudió la cabeza.

—Son más de las doce —replicó.

—¿Y qué? Si quiero ver otra película, la veré. Ya no soy una niña. Ya no admito tus toques de queda.

Tess rompió el tenso silencio posterior con un bostezo tan estratégico como ruidoso.

—Oh, lo siento —se disculpó—. Ha sido un día muy largo. Será mejor que me acueste.

—¿Sabrás llegar a tu habitación? ¿O necesitas que te enseñe otra vez el camino? —preguntó Franco.

—Estoy seguro de que la señorita Jones es capaz de llegar por su cuenta —comentó Danilo—. Pero, antes de que se retire, me gustaría hablar a solas con ella.

—Como quieras.

Franco y la hermana de Danilo se dirigieron a la salida, donde Nat dijo:

—No le hables de usted, como si no la conocieras de nada.

Danilo hizo caso omiso, y Tess volvió a sentir curiosidad por la relación de los hermanos Raphael. Era evidente que Natalia lo adoraba, pero también era evidente que había un fondo de resentimiento entre ellos. Y empezaba a sospechar el motivo. Danilo parecía tener la extraña habilidad de enturbiarlo todo y eliminar toda la alegría que encontrara a su paso. Aquel hombre era una fuente inacabable de antagonismo.

Sin embargo, eso le preocupaba bastante menos que lo que había sentido minutos antes, cuando se dio cuenta de que la estaba observando. Había sido enormemente perturbador. Había sido como si su mirada fuera una mano que le acariciaba el cuerpo, seduciéndola y excitándola contra su voluntad.

¿Quién iba a imaginar que su plan se volvería contra ella? Sabía que Danilo llegaría en algún momento y que se llevaría una sorpresa al verla así. Era consciente de que la había tomado por una mujer carente de atractivo, si es que la consideraba una mujer. Y Tess se había tomado muchas molestias para demostrarle que estaba equivocado y resarcirse del daño que había sufrido su ego. Pero la sorpresa había sido mutua.

Respiró hondo e intentó tranquilizarse, porque su corazón latía con desenfreno desde el instante en que Danilo la miró a los ojos. El incómodo calor que la embargaba pasó a ser un estallido de deseo que no podía controlar, como si él la hubiera tocado en lo más hondo y hubiera activado un mecanismo que ni ella misma conocía.

Al pensarlo, se dijo que quizá habría estado más preparada para esa sensación si no se hubiera convencido de que Danilo Raphael no tenía nada de especial. Creía que la gripe y el miedo de aquella noche habían hecho que le pareciera más alto, más sensual y más arrebatador de lo que era en realidad. Y se había engañado miserablemente.

—Si prefiere que dejemos nuestra conversación para mañana, lo entenderé —declaró Danilo—. Parece cansada.

—Supongo que lo dice por mi bostezo, pero estoy bien —replicó—. No se preocupe por mí, señor Raphael.

Franco, que aún no se había marchado, arqueó

una ceja. Al parecer, le parecía gracioso que la tratara con tanta formalidad. Y Danilo decidió cambiar de táctica.

—Puede que mi hermana tenga razón. No tiene sentido que nos hablemos de usted... ¿Te importa que nos tuteemos?

—En absoluto.

Danilo asintió.

—Espero que Franco se haya portado bien contigo.

—Oh, sí. Todo el mundo se ha portado muy bien —dijo, antes de girarse hacia sus nuevos amigos—. Buenas noches, Nat. Y a ti también, Franco... Digas lo que digas, sé que has disfrutado de la película. Admítelo.

—Lo admitiría si no tuviera que matarte después para salvar mi reputación —comentó en tono de broma—. *Buona notte*, *cara*. Ha sido una noche magnífica.

Franco sonrió y se fue en compañía de Nat.

Tess sintió pánico. Danilo era un hombre tan poderoso que el ambiente se cargó de tensión sexual en cuanto se quedaron a solas. ¿Cómo era posible que se hubiera sentido a salvo con él aquella noche?

—Siéntate, Tess.

Ella lo miró con nerviosismo.

—¿Por qué? ¿Es que vamos a tardar mucho? Si no te importa, preferiría seguir de pie. Llevo todo el día sentada.

—Como prefieras —dijo él—. ¿Cuánto tiempo piensas quedarte con nosotros?

—Hasta que empiece el siguiente trimestre escolar —contestó—. Se lo dije a tu ayudante, y le pareció bien.

Danilo recordó la alegría de su hermana, y se preguntó qué había hecho Tess para conseguir semejante transformación.

—Parece que te llevas bien con Natalia.

—Eso no es difícil. Tu hermana es una chica encantadora. Estarás muy orgulloso de ella.

Él frunció el ceño.

—Nat se cansa con facilidad.

—Sí, bueno... Helena me puso al tanto de la situación.

—¿Qué te dijo?

—Mencionó el accidente del que me habías hablado, pero no entró en detalles. De hecho, fue tan discreta que me dejó con más dudas que antes —declaró Tess—. ¿Estabas en el coche? Sé que no es asunto mío, pero siento curiosidad.

—No, no es asunto tuyo —dijo, mirándola a los ojos—. Y no, no estaba en el coche. Estaba en el campo.

La declaración de Danilo fue tan sospechosamente desapasionada que Tess supo que había tocado una fibra sensible, pero no se atrevió a indagar más.

—Si te preocupa que sea demasiado mayor para cuidar de tu hermana, puedes estar tranquilo. Sé lo que significa ser adolescente. Yo también lo fui.

Danilo se puso tenso al oír lo de la edad. Tuvo la

sensación de que no lo había mencionado porque lo encontrara relevante para su empleo, sino como forma de advertirle que era demasiado viejo para ella. Y se sintió ofendido.

—Pero no sabes lo que significa estar en una silla de ruedas.

—No, no lo sé.

—No sabes nada de la frustración que implica, de los sueños rotos, de tu vida partida por la mitad.

Ella tragó saliva e intentó mantener la calma.

—No, ni tú ni yo lo sabemos, porque no lo hemos sufrido. Sin embargo, podemos hacer el esfuerzo de ponernos en su lugar.

Él la miró con tristeza.

—Si fuera posible, me cambiaría por ella ahora mismo.

—Nat también se cambiaría por ti si fueras tú quien está en una silla de ruedas.

—Pero no soy yo quien lo está.

Danilo se dio cuenta de que su armadura emocional se había empezado a resquebrajar, y optó por cambiar de conversación.

—En fin, será mejor hablemos de tus obligaciones.

Tess se quedó desconcertada. ¿A qué obligaciones se refería? Ya se había comprometido a cuidar de Nat. ¿Querría que se encargara también de la casa? ¿Sería una forma de rentabilizar su inversión?

—Bueno, si quieres que dedique parte de mi tiempo a las labores del hogar, no tengo ningún inconveniente. Trabajé limpiando casas cuando estaba en la universidad.

Él la miró como si pensara que se había vuelto loca.

–No necesito que friegues suelos. Ya tenemos gente que se encarga de esas cosas –dijo–. Me refería a tus obligaciones con mi hermana.

Tess se ruborizó.

–Oh, lo siento, te he entendido mal. Será porque no estoy acostumbrada a vivir en un palacio. Impresiona bastante.

Danilo dejó pasar unos segundos antes de entrar en materia.

–Nat está en un momento difícil, por así decirlo. No sé si te lo ha contado, pero se separó de su novio hace poco.

–No, no me ha dicho nada –replicó–. ¿Fue cosa suya? ¿O de él?

–Fue cosa mía. Era una mala influencia. Yo estaba informado de que había tenido problemas con la justicia, pero decidí darle una oportunidad. Y abusó de mi confianza.

–¿Qué significa eso de que le diste una oportunidad? ¿Es que trabaja aquí?

–Trabajaba.

–¿Y a tu hermana le parece bien que lo hayas despedido?

Danilo apartó la mirada. A Nat no le había parecido precisamente bien. Y, cuando él se defendió con el argumento de que su novio tenía antecedentes policiales, ella contestó que lo sabía desde el principio, porque el propio Marco se lo había confesado.

–Estoy seguro de que me lo agradecerá cuando

entre en razón. Pero, hasta entonces, necesito saber lo que hace.

Tess se quedó atónita.

—¿Me estás pidiendo que la espíe?

—Yo no lo llamaría así.

—Es lo que has dicho —contestó—. Y no me gusta nada.

Danilo la miró con asombro.

—¿Te niegas a mantenerme informado?

Ella alzó la barbilla, desafiante.

—En efecto.

—Marco abusó de mi confianza —le recordó.

—Y yo abusaría de la confianza de Nat si me prestara a esos tejemanejes. Además, no te recomiendo que insistas con eso.

Danilo parpadeó. ¿Le estaba dando consejos?

—No sé si te entiendo...

—Pues es fácil de entender. No hay muchas chicas de la edad de Natalia que reaccionen bien ante ese tipo de situaciones. Yo no tengo hermanos, pero si los tuviera y uno de ellos se hubiera atrevido a decirme con quién debía salir, me habría enfadado mucho.

—Es evidente que no tienes hermanos. Si los tuvieras, no habrías tenido que acudir a un desconocido para que te salvara de un canalla que te buscaste tú misma, porque no sabes elegir a los hombres.

Danilo se arrepintió rápidamente de lo que había dicho; a fin de cuentas, Tess se había limitado a dar una opinión, y no merecía que la tratara de ese modo. Pero había algo en ella que le hacía perder los papeles. Tan pronto la deseaba como la odiaba.

—Yo no elegí a Ben —dijo ella con debilidad—. Y antes de que me lo eches en cara, quiero añadir que no he venido a Italia porque sea incapaz de afrontarlo. Soy consciente de que huir no es la respuesta. Solo necesito tiempo para pensar.

—Olvídalo, Tess. Sé que tú no tienes la culpa, y lamento haber sido tan injusto contigo —declaró, sintiéndose cada vez más miserable—. De hecho, estoy dispuesto a ayudarte. Si quieres, puedo poner mi bufete de abogados a tu disposición.

Tess no esperaba que le pidiera disculpas, y se llevó una sorpresa. Pero quiso dejar bien claro que no necesitaba su ayuda.

—Es mi problema, y lo solucionaré por mi cuenta —replicó.

—Me parece bien.

Ella suspiró.

—¿He hecho algo malo, Danilo? ¿He roto alguna norma que desconozco? Desde que has llegado, me miras como si hubiera cometido un delito... o, más bien, como si pensaras que soy un fraude —afirmó—. ¿Es eso? ¿No soy lo que esperabas?

—No creo que seas un fraude.

—Entonces, ¿a qué viene esa actitud? Si has cambiado de idea y ya no quieres que trabaje con tu hermana, dímelo con toda tranquilidad.

Danilo frunció el ceño.

—¿Tú te quieres ir? —preguntó.

—No. Tu hermana me ha caído muy bien.

—Me alegro, porque estoy seguro de que la puedes ayudar.

Tess ladeó la cabeza y lo miró con una sonrisa

que desconcertó una vez más a Danilo. La mayoría de las mujeres que conocía habrían seguido con la discusión hasta que nadie recordara por qué estaban discutiendo ni para qué. Pero ella no era como la mayoría.

—Te propongo una cosa. ¿Por qué no me tienes a prueba durante una semana? Si estás contento con mi trabajo, me quedaré y, si no, me iré.

—Trato hecho.

Danilo la miró un momento y se fue, cerrando la puerta al salir. Y, en cuanto se quedó a solas, soltó una carcajada. Tess Jones era todo un caso.

Capítulo 5

FRANCO nos va a llevar a tomar una copa. Tess miró a Nat con humor. Llevaba una semana en el palazzo, y ya la conocía lo suficiente como para saber que era una manipuladora.

–Es todo un detalle por su parte –replicó–. ¿Sabe que nos va a llevar?

Natalia rio.

–Todavía no. Pero llevas siete días en nuestra casa, y ha llegado el momento de que te enseñemos Castelnuovo di Val di Cecina.

–Ya la conozco –le recordó.

Nat se había quedado encantada con la pequeña y monumental localidad, que estaba a poca distancia del palacio. Era un pueblo de calles empedradas y arquitectura medieval, rodeado de un bosque de castaños.

–Sí, pero es más bonito de noche. Y conozco un sitio que te gustará. Danilo y yo comemos allí de vez en cuando.

–Puede que Franco tenga otros planes...

–Seguro que los tiene, pero estará encantado de llevarte, aunque implique ir conmigo. Ya habrás notado que le gustas, ¿verdad?

Tess lo había notado, y aceptaba implícitamente

sus atenciones porque le parecían inofensivas. Pero, al pensarlo, se preguntó si no estaría cometiendo un error: Danilo podía llegar a la conclusión de que estaba alentando a su primo o, peor aún, de que lo estaba utilizando para darle celos a él.

Y quizá fuera cierto que lo utilizaba.

Danilo era un hombre terriblemente arrogante, pero también encantador; un hombre carismático cuya sonrisa podía derretir cualquier capa de hielo. Y, aunque Tess se creía inmune a sus encantos, lo encontraba más atractivo de lo que estaba dispuesta a admitir.

–Muy bien, si quieres que vayamos al pueblo, iremos –dijo, cambiando de conversación–. ¿Tengo que cambiarme de ropa?

Tess bajó la cabeza y echó un vistazo al vestido de verano que se había puesto. Cuando llegó al palazzo, pensó que comería en la cocina o en su habitación y que no tendría que preocuparse por el protocolo; pero Nat le dejó bien claro que tenía que comer con ellos, lo cual complicó las cosas.

El ambiente de la primera noche fue bastante relajado, así que no hubo ningún problema. Luego, Danilo la empezó a mirar de forma extraña, como si le pareciera mal que se presentara con modelitos excesivamente atrevidos. Y, en lugar de corregir su actitud, Tess se presentó a la noche siguiente con una falda aún más corta que las anteriores, para demostrarle que no le tenía miedo.

Ni siquiera se le ocurrió que no la miraba así porque deplorara su gusto, sino porque sus piernas le volvían loco. Pero no tuvo ocasión de repetir la experiencia: desde entonces, Danilo ya no cenaba con ellos.

—No hace falta. Estás preciosa.

—No tanto como tú.

Tess dijo la verdad. Natalia podía estar en una silla de ruedas, pero era una chica impresionante. De hecho, había dado cualquier cosa por tener unas curvas tan exuberantes como las suyas. O unos ojos tan maravillosamente azules.

Había sitio de sobra, pero Alexandra se sentó pegada a él en el restaurante. Y pocos hombres habrían protestado. Alexandra era una diseñadora que trabajaba para la naviera de su familia, la Raphael Cruise Line; pero también era una exmodelo de figura perfecta y piernas interminables que llegaba al metro ochenta con tacones.

Danilo se dio cuenta de lo que pretendía, y no le hizo ninguna gracia. Se empezaba a arrepentir de haber permitido que viajara con él. Además, ya no estaban en Pisa ni en Florencia, sino en Castelnuovo di Val di Cecina, donde todo el mundo lo conocía; y sus más que evidentes insinuaciones hacían que se sintiera culpable de un delito que ni había cometido ni tenía intención de cometer.

Pero, ¿por qué no? Estaba con una mujer que, en circunstancias normales, le habría parecido increíblemente sexy. Y ahora coqueteaba con la idea de beberse la botella de vino para encontrarla vagamente atractiva.

–¿Por qué te afeitas tanto? No es que me parezca mal, pero siempre me han gustado los hombres con barba de dos días.

Alexandra le acarició la mejilla, lo miró con expectación y dijo algo que Danilo no entendió. Estaba tan confundido que no se entendía ni a sí mismo.

–¿Qué has dicho?

–Que si quieres que nos vayamos. Se está haciendo tarde.

Danilo se sintió el hombre más estúpido de la Tierra. Tenía la oportunidad de acostarse con Alexandra, y una necesidad imperiosa de saciar sus necesidades sexuales. ¿Cómo era posible entonces que no saltara de alegría?

–Oh, no –dijo ella, soltando un suspiro–. No me digas que no te apetece.

–Discúlpame. No estoy de humor.

–No hay nada que disculpar –replicó con una sonrisa–. Pero, ya que estamos aquí, quiero darte una muestra de lo que te vas a perder.

Alexandra se inclinó para darle un beso en los labios, y él se echó hacia atrás para impedirlo. Sin embargo, la exmodelo era una mujer que no se rendía con facilidad, y asaltó su boca sin contemplación alguna.

Danilo descubrió dos cosas durante los segundos posteriores: la primera, que Alexandra besaba muy bien, aunque a él no le gustara; y la segunda y más importante, que no le gustaba porque él se había obsesionado con la fascinante inglesa que estaba cuidando de Nat.

Mientras la dejaba hacer, sus ojos barrieron el salón con tanta indiferencia como la que dedicaba al beso. Y, de repente, vio a una persona que despertó brutalmente su libido.

Danilo se maldijo para sus adentros y se apartó de Alexandra.

–Lo siento, es que...

Alexandra lo miró con odio. Era evidente que, esta vez, la había ofendido.

–¿Se puede saber qué pasa?

–Es que mi hermana y mi primo acaban de llegar.

–¿Tu hermana y tu primo? Por tu reacción, cualquiera habría dicho que estás casado y acabas de ver a tu esposa.

Alexandra siguió la mirada de Danilo y añadió:

–Supongo que la chica de la silla de ruedas es tu hermana. Pero, ¿quién es la otra mujer? ¿La nueva amante de Franco?

–¿Conoces a mi primo?

–Sí –contestó Alexandra con incomodidad–. Nos presentó un amigo común.

–Ah, vaya –dijo Danilo–. Pues no, no es la novia de Franco.

–Entonces, ¿quién es?

–Una amiga de la familia –mintió.

Danilo fue más brusco de la cuenta porque la mención de su primo le había provocado un ataque de celos. Y no por Alexandra, cuya incomodidad parecía indicar que había mantenido algún tipo de relación con él, sino por Tess Jones.

–Tiene un pelo precioso –dijo ella.

Alexandra se acarició su rubia y perfecta melena, con intención de que Danilo le hiciera un halago a su vez. Pero no se lo hizo, y ella preguntó con cierto disgusto:

—¿No me los vas a presentar?

—No —respondió él, tan brusco como antes—. No les quiero estropear la velada.

Franco pidió las bebidas al camarero y se giró hacia sus acompañantes.

—No miréis ahora, pero... ¡Eh, he dicho que no miréis!

—Dios mío, es Danilo —dijo Nat—. ¿Qué estará haciendo aquí? Se suponía que estaba de viaje. ¿Y qué pasará si nos ve?

Tess pensó que ya los había visto, y lo sabía porque ella también lo había visto a él. No necesitó darse la vuelta para saber que estaba en compañía de una rubia impresionante. Pero, a diferencia de Nat, su presencia no la había asustado; solo le había causado un ataque de celos.

—¿Es posible que lo sepa?

—¿Que sepa qué? —preguntó Tess.

Nat sacudió la cabeza.

—No, nada.

—Ahora que lo dices, es posible que lo sepa todo —ironizó Franco—. Puede que sea una especie de dios y tenga el don de la omnisciencia.

Tess miró a Franco con irritación.

—Ese comentario no contribuye a tranquilizar a tu prima —protestó.

–¿Qué pasará si se acerca? –intervino Nat.

–No pasará nada –respondió Tess–. No hemos hecho nada malo.

–De todas formas, no creo que se acerque. Parecen a punto de marcharse –dijo Franco con un fondo de envidia–. Seguro que van a reservar una habitación.

–¿Esa mujer es su novia? –preguntó Tess, atrapada entre la curiosidad y el disgusto.

–No, Danilo no tiene novias. Solo tiene amantes.

Franco miró a Nat con arrepentimiento, como si hubiera pensado que no debía decir esas cosas delante de ella, pero la joven dijo:

–Conozco a mi hermano, Franco. Sé que no es un monje.

Tess se sintió terriblemente mortificada, aunque no supo por qué. A fin de cuentas, no estaban hablando de su vida amorosa, sino de la vida amorosa de Danilo.

–Bueno, que pase lo que tenga que pasar –declaró Nat–. Yo me voy al servicio.

–Te acompaño –se ofreció Tess.

–No hace falta. Sugerí que viniéramos a este sitio porque tiene instalaciones apropiadas para los que vamos en silla de ruedas.

Nat se fue a toda prisa, y Tess frunció el ceño.

–¿Ha pasado algo? Tu prima está más nerviosa de la cuenta.

–¿Tú crees? Yo diría que hoy está particularmente encantadora.

–Sí, pero tengo la impresión de que...

–¿Un monje? ¿Danilo? –la interrumpió–. Eso ha tenido gracia. Antes del accidente, se pasaba la vida de fiesta en fiesta y de cama en cama.

–Y, por lo visto, tú has decidido imitarlo.

–No, yo no le llego ni a la suela de los zapatos en ese sentido. Pero es verdad que ha cambiado –dijo, lanzando una mirada a la impresionante rubia–. Aunque sigue teniendo buen gusto en materia de mujeres.

Ella suspiró.

–¿Podemos hablar de algo que no sea la vida sexual de tu primo?

Tess lo dijo con intención de arrancarle una sonrisa, pero Franco se había quedado extrañamente serio, lo cual aumentó sus sospechas.

–Voy a hablar con Nat. Estoy convencida de que no se encuentra bien –continuó–. Pídeme otra copa, por favor.

–Lo que tú digas.

Cuando llegó al servicio de señoras, Tess descubrió que Nat no estaba allí. Y, al ver a dos mujeres que se estaban retocando el maquillaje, les preguntó:

–¿Han visto a una chica en silla de ruedas?

–No, no hemos visto a nadie.

Tess sacudió la cabeza. ¿Dónde se habría metido?

Salió del cuarto de baño y se quedó en el umbral del salón, para poder verlo entero. Franco seguía en la barra, pero no había ni rastro de Nat ni, por otra parte, de Danilo y la rubia. Justo entonces, se fijó en una puerta que daba a lo que parecía ser un jardín. Y Tess corrió al exterior, decidida a dar la alarma si no localizaba a la joven.

El jardín era relativamente pequeño, y su escasa iluminación le daba un aire romántico que lo hacía perfecto para las parejas de enamorados. Pero se quedó boquiabierta cuando vio a Nat en compañía de un chico.

—¡Nat!

El chico se apartó, asustado. Y Nat miró a Tess con una mezcla de vergüenza y desafío.

—¡No se lo digas a mi hermano, Tess! ¡Mataría a Marco!

—Dudo que llegue tan lejos.

El chico se levantó.

—Danilo no me da miedo, Nat.

—Pues debería dártelo.

Marco se giró hacia Tess y le estrechó la mano.

—Encantado de conocerte.

—Lo mismo digo.

—No te preocupes, Nat. Tengo la sensación de que puedes confiar en tu amiga. ¿No es verdad, Tess?

Tess estuvo a punto de asentir; pero no quería tomar partido, así que hizo caso omiso de la pregunta.

—Supongo que os habéis encontrado por casualidad —dijo con sorna—. ¿Por eso te has asustado tanto cuando has visto a Danilo?

Marco frunció el ceño.

—¿Es que está aquí?

—Descuida —contestó la joven—. Ya se ha ido.

—Te protegeré de él, *cara mia*.

Nat le puso una mano en el brazo.

—Mi hermano no es un monstruo, Marco.

—No puedo creer que lo defiendas —protestó.

—Y no lo defiendo, pero... Danilo piensa que sigo siendo una niña, y por si eso fuera poco, se siente culpable de que esté en una silla de ruedas. No hace otra cosa que buscar médicos, por si alguno es capaz de hacer milagros.

Tess pensó que, si Danilo hubiera estado presente, se habría dado cuenta de que su hermana ya no era una niña. Había hablado con una madurez impropia de su edad. Pero, por mucho que simpatizara con la joven pareja, no podía pasar el asunto por alto.

—Está bien, no le diré nada, aunque creo que se lo deberías decir tú. Habla con él. Dile lo que sientes. Convéncelo de que está equivocado contigo.

—¿Sabes lo que le pasó a la última persona que le llevó la contraria?

—No, no lo sé.

—Ni tú ni nadie, porque nadie se atreve a discutirle nada —replicó Nat—. Mira, adoro a mi hermano, y quiero que sea feliz. Pero estoy enamorada de Marco.

Tess sonrió, consciente de lo que se sentía al fracasar en el intento de agradar a un ser querido. No en vano, se había esforzado durante años por conseguir la aprobación de su madre y ser la hija que ella deseaba.

Segundos después, la puerta se abrió y dio paso a cuatro jóvenes que reían y hablaban en voz alta como si estuvieran celebrando algo.

–Será mejor que te marches, Marco.

El joven quiso protestar, y Natalia se lo impidió.

–Tess tiene razón. Pero no te preocupes por mí –dijo–. Te llamaré mañana.

Capítulo 6

LLEGARON al palazzo poco antes de las once de la noche. Durante el trayecto, Natalia cerró los ojos y se fingió dormida, aunque no lo fingió muy bien; y, en cuanto entraron en el edificio, declaró que le dolía la cabeza y que se iba a la cama.

–Tienes que decírselo. Lo sabes, ¿verdad? –preguntó Tess–. O se lo dices o dejas de ver a Marco, una de dos.

Nat alzó la barbilla, orgullosa.

–Eso es asunto mío, no tuyo. Y, aunque no puedo impedir que vayas a contárselo a mi hermano, me puedo ahorrar los consejos de una persona como tú, que a fin de cuentas trabajas para él –replicó.

Tess la miró con tanto asombro que Nat corrió a añadir:

–Oh, lo siento. Sé que te he puesto en una situación muy difícil, pero no voy a renunciar a Marco.

Tess se quedó a solas, sumida en una tristeza que no tenía nada que ver con las palabras de Natalia. A decir verdad, la envidiaba. Ardía en deseos de conocer a un hombre que fuera como Marco para ella: alguien a quien no quisiera renunciar. Pero no lo había conocido, y sabía que no lo conocería mientras solo buscara la compañía de hombres con los que no podía correr ningún peligro, porque no le provocaban ninguna pasión.

Apretó los dientes y se maldijo por ser tan miedosa. Intentaba convencerse de que se comportaba así por culpa del antiguo novio de su madre, el que había intentado sobrepasarse con ella. Sin embargo, habían pasado muchos años desde entonces, y ya no formaba parte de sus vidas. Ni siquiera recordaba su cara.

Por desgracia, los temores no se disipaban con tanta rapidez como los recuerdos, y su temor había sobrevivido al paso del tiempo. Inconscientemente, se había dedicado a alejarse de cualquier hombre con quien pudiera perder el control, pero el destino le pisaba los talones. Sentía cosas que no había sentido antes, y se imaginaba una y otra vez perdiendo el control con un hombre de lo más peligroso.

Estaba en una encrucijada. Y, pensándolo bien, no tenía nada de particular que se hubiera encontrado a sí misma en el palacio de los Raphael. A fin de cuentas, nunca habría imaginado que hubiera un lugar tan mágico y maravilloso.

Danilo apartó la mirada del ordenador cuando oyó varios portazos seguidos. Estaba leyendo informes sobre una técnica quirúrgica que, en teoría, podía devolver parte de la movilidad a Natalia. Pero se alegró de que el ruido lo interrumpiera, porque no se podía concentrar. Y la copa de brandy que tenía en la mano tampoco había ayudado mucho.

Se levantó del sillón y salió de su despacho, decidido a descubrir a qué venían esos portazos. No podía sospechar que, en lugar de encontrar una respuesta, se encontraría con el mayor interrogante de todos: Tess Jones, que estaba en mitad de un pasillo, con aspecto de ser una mujer profundamente infeliz.

Danilo echó un trago de brandy y la observó con detenimiento, aprovechando que ella no había reparado en su presencia. Llevaba tacones de siete u ocho centímetros y, a pesar de su expresión, le pareció más sexy que nunca.

—¿Una mala noche? —preguntó.

Tess se giró y clavó la vista en Danilo, quien se había quedado en el umbral de una de las pocas estancias del palazzo que aún no conocía: su despacho.

—¿Qué estás haciendo aquí?

Él la miró con sorna.

—Vivo aquí —le recordó.

Ella sacudió la cabeza, sintiéndose estúpida. Cuando estaban juntos, sus hormonas se rebelaban de tal manera que no podía pensar con claridad.

—Sí, ya lo sé. Lo siento. Es que me has asustado.

Mientras Tess sopesaba la teoría de que tuviera ese efecto en todas las mujeres, se acordó de la conversación que había mantenido con Fiona cuando llegó al palazzo. Su amiga, que siempre estaba en busca de detalles jugosos, quiso saber qué puntuación daría a Danilo en una escala del uno al diez; y, tras soltar una carcajada, Tess contestó que le daría un quince. Luego, Fiona le preguntó si se iba a acostar con el, y ella lo negó taxativamente.

Desde entonces, se había dado cuenta de que su negativa no había sido tan falsa como le había parecido a ella misma. Deseaba a Danilo, y quería hacer el amor con él. Pero no estaba a la altura de las rubias perfectas con las que salía.

Por desgracia, sus hormonas no se daban por enteradas. Y, al verlo allí, apoyado en el marco de la puerta, sintió una mezcla de pánico y excitación.

¿Cómo podía ser tan sexy?

Tess tuvo la absoluta certeza de que, si se le hubiera insinuado en ese momento, habría sido incapaz de resistirse. Se había desabrochado los botones superiores de la camisa, bajo la que se veía un vello oscuro y una piel morena que ardió en deseos de acariciar. Era la viva imagen de la tentación; un ángel de rasgos duros, expresión depredadora y pelo revuelto, como si se acabara de levantar de la cama.

¿Se acabaría de levantar?

Avergonzada, respiró hondo y se dijo que la vida sexual de Danilo Raphael no era asunto suyo. Incluso intentó convencerse de que no le preocupaba la posibilidad de que la rubia del restaurante estuviera en el sofá del despacho, tras haber saciado sus necesidades y clavado sus exquisitas uñas pintadas de rojo en la espalda del hombre que ella deseaba.

Definitivamente, no era asunto suyo. Danilo podía hacer lo que quisiera. Pero se volvió a sentir celosa.

—Siento haberte molestado —dijo, intentando ver

si su competidora estaba en el sofá–. Estaba volviendo a...

–¿Te pasa algo?

–No, nada.

–Me estoy tomando una copa.

Ella se quedó desconcertada. No había visto que Danilo sostenía una copa de brandy, y su mente se llenó de dudas.

¿Por qué estaría bebiendo? ¿Estaba celebrando su noche de placer? ¿O es que había discutido con la rubia? Parecían bastante acaramelados en el restaurante, pero eso no implicaba que hubieran terminado de la misma forma. Podían haber cambiado de opinión. Se podían haber enfadado. Hasta era posible que ella se hubiera ido y lo hubiera dejado a solas con sus frustraciones, anhelando quizá una sustituta.

–Sí ya lo veo –dijo ella–. Pero, ¿por qué lo dices?

–Por si quieres tomarte algo conmigo.

La invitación de Danilo aumentó su perplejidad.

–¿Tomarme algo? –acertó a decir, aterrorizada.

–No te estoy invitando a una orgía, sino a una simple copa

Tess parpadeó.

–Vaya, hacía tiempo que no escuchaba esa palabra...

Él arqueó una ceja.

–¿Cuál? ¿Orgía? ¿O copa?

Ella hizo caso omiso.

–¿Estás solo?

Danilo asintió sin apartar la vista de sus ojos.

–Por supuesto que estoy solo. ¿Con quién iba a estar?

–No lo sé, no es problema mío.

Él rompió a reír, y Tess se ruborizó porque supo que se estaba riendo de ella.

–Oh, discúlpame. No lo he podido evitar –dijo, antes de echar otro trago de brandy–. Es que tienes aspecto de monja indignada.

Esta vez, Tess se quedó boquiabierta.

–Te he visto en el restaurante, y he notado tu mirada de desaprobación –continuó Danilo–. Era tan intensa que la habría notado desde el otro lado de la calle.

–No era desaprobación, sino sorpresa –mintió–. No esperaba encontrarte. Nat me dijo que te ibas a quedar en Florencia.

–¿Insinúas que nos hemos encontrado por casualidad? –declaró con ironía–. Yo pensaba que me estabas espiando.

–¿Espiando? Yo no estaba...

–Era una broma, Tess –la interrumpió–. Pero, hablando de asuntos más serios, tengo la sensación de que no volverás a tener problemas con Ben.

Danilo no había estado de brazos cruzados. Días antes, había viajado a Dublín para supervisar la rehabilitación de una zona industrial deprimida; y, en el camino de vuelta, se detuvo en Londres y habló con sus servicios de seguridad para que le dieran un informe completo sobre el individuo que acosaba a Tess.

El informe estuvo en su mesa al cabo de unas horas, y lo demás fue relativamente fácil: solo tuvo que hacerle una visita y dejarle claro que estaba más loco que él, que tenía más poder que él y que terminaría de mala manera si no la dejaba en paz. Al fin y al cabo, el miedo era un gran motivador.

Sin embargo, Danilo no tuvo ocasión de explicarle lo sucedido, porque Tess sacudió la cabeza y empezó a decir:

—Puede que me trague mi orgullo y siga el consejo de mi madre cuando vuelva a Inglaterra. Conoce a ciertas personas que...

—Eso suena terrible. ¿Vas a contratar a un matón?

Ella sonrió.

—No me refería a ese tipo de personas.

—¿Ah, no?

—No —dijo—. Mi madre tiene contactos en el mundo de la política y de las organizaciones sociales que luchan por los derechos de las mujeres.

—Parece una mujer interesante.

—Lo es.

—Me sorprende que no hayas acudido antes a ella.

—Bueno, es que la ayuda de mi madre tiene un precio. Siempre lo tiene.

—¿Un precio?

—¿Podríamos hablar de otra cosa?

Él la miró con curiosidad, pero le concedió su deseo.

—He notado que Natalia ha cambiado mucho desde que llegaste.

Tess se puso tensa. ¿Qué debía hacer? ¿Decirle que su hermana seguía saliendo con Marco? ¿Guardar silencio? Hiciera lo que hiciera, se sentía como si estuviera al borde de un abismo insondable.

—Estaba tan deprimida que no salía nunca de casa —continuó él—. Y me alegra que vuelva a ser la de antes, aunque sospecho que tú no te has divertido tanto como Nat.

—Claro que me he divertido. Puede que no dé esa impresión, pero es por culpa de mi dolor de cabeza.

Danilo asintió.

—De todas formas, me parece muy bien que la animes a salir. Solo espero que, en el futuro, me lo consultes antes.

Tess frunció el ceño.

—¿Qué me estás pidiendo exactamente? ¿Que la próxima vez que Natalia tenga ganas de salir le diga que se espere un momento porque tengo que pedirte permiso? —dijo con indignación—. Además, eso no sería tan fácil. ¿A quién quieres que se lo pregunte, si no estás nunca en casa? Olvídalo, Danilo. Los muros del palacio ya son suficientemente altos. No es necesario que añadas más restricciones.

Él la miró con frialdad.

—Natalia es libre de hacer lo que le plazca. Me he limitado a decir que...

—¡No soy la niñera de tu hermana! Y, como te dije en otra ocasión, no tengo intención alguna de ser tu espía.

Danilo se metió las manos en los bolsillos y suspiró.

—Tienes talento para el drama. Yo no te he pedido que seas mi espía.

–No con esas palabras, pero lo has hecho –insistió, pensando que estaba ante el hombre más arrogante del mundo–. Dime una cosa, Danilo... ¿Cómo puedes esperar que tu hermana confíe en ti si la tratas como si fuera una prisionera? Es lógico que no te diga nada.

–Pero a ti te lo dice.

La indignación de Tess se disolvió como una cucharilla de azúcar en el océano. Una vez más, le asaltó la sospecha de que Danilo sabía lo que había pasado. Sabía que Nat estaba saliendo con Marco, y que ella estaba informada del asunto.

Sin embargo, eso era imposible. No lo podía saber. Lo cual significaba que su enfado y su desconfianza tenían un origen distinto.

Tras sopesarlo rápidamente, llegó a la conclusión de que no tenía motivos para preocuparse. Danilo se comportaba así porque odiaba que su hermana se hubiera alejado de él. Estaba más que dispuesto a asumir su distanciamiento si eso le daba fuerzas para luchar y volver a caminar otra vez; pero, por muy buen hermano que fuera, le dolía mucho. Quería arreglar las cosas entre ellos, y no sabía cómo.

–Me gusta la gente que confía en sí misma, Tess. Pero solo llevas una semana con nosotros. Hay bastantes factores de mi relación con Nat que se te escapan.

–¿Qué tipo de factores?

Él se pasó una mano por el pelo.

–Si hubieras tenido la amabilidad de informarme sobre vuestra salida nocturna, te habría dicho que tenemos que viajar a Londres para que se someta a un nuevo tratamiento –respondió–. Si me lo hubieras consultado, te habría pedido que volvierais pronto, porque es un viaje tan largo como agotador. Pero no me has dado esa oportunidad.

Tess se sintió terriblemente mortificada.

–No lo comprendo. Nat no me lo había dicho...

–Porque no lo sabe todavía.

Tess lo miró con asombro.

–¿Por qué? ¿Es algo de última hora?

Danilo no era hombre que disfrutara dando explicaciones y, menos aún, sobre asuntos tan dolorosos. Pero se tragó su orgullo y contestó

–No, lo organicé hace unos días, cuando estuve en Londres. Lo he mantenido en secreto porque la conozco y sé que se habría alterado mucho.

Tess pensó que Danilo no la conocía tan bien como creía. Evidentemente, Nat habría preferido que se lo dijera antes. Y, por otro lado, ya estaba bastante alterada. De hecho, lo estaba tanto que quedaba con su novio en secreto para sentirse algo mejor.

–Sé que eres una profesional, y que estás acostumbrada a cuidar de personas como mi hermana –prosiguió él–. Pero no pongas en duda mis decisiones. He pasado muchas veces por esto, y sé lo que le conviene.

–¿Cuándo se lo vas a decir?

–Cuando se levante. Tenemos que estar en Londres por la tarde.

–¿Y cuánto tiempo se quedará en el hospital?

–Solo una noche. Pero no estará sola.

Tess se encogió de hombros. Ya había dado por sentado que Danilo se quedaría con ella, y se llevó otra sorpresa cuando añadió:

–Supongo que volveremos a Italia inmediatamente, así que no es necesario que hagas las maletas.

–¿Cómo? ¿Quieres que os acompañe?

Él volvió a arquear una ceja.

–No puedes cuidar de Nat si ella está en un país y tú, en otro.

–¿Y qué pasa con los billetes de avión? Tendremos que...

–Ya están comprados, Tess.

Tess se sintió más tonta que nunca. Había olvidado que Danilo Raphael vivía en un mundo distinto; un mundo donde siempre había otras personas que se encargaban de comprar los billetes y hacer las reservas.

–¿Cuándo tiene la sesión con el fisioterapeuta?

–A las ocho y media.

–Entonces, cancelaré su cita –anunció Danilo–. Pero te agradecería que estuvieras a mano, por si...

–¿Por si se enfada y alguien tiene que recibir los golpes?

–Estoy más que capacitado para recibir los golpes de Nat –Danilo bajó la cabeza y se pasó una mano por la cara, en un gesto de angustia que emocionó a Tess–. Pero, como ya he dicho, podrías ser de ayuda.

Tess se dio cuenta de que Danilo estaba a punto de regresar al despacho, y también se dio cuenta de que no quería que se fuera, así que intentó alargar el encuentro.

–¿A qué hora nos vamos?

Danilo, que ya tenía una mano en el pomo de la puerta, se preguntó qué habría pasado a continuación si hubiera hecho lo que deseaba: dar dos pasos adelante, tomarla entre sus brazos, apretarse contra las tentadoras curvas de Tess y besarla. Pero no lo llegó a saber, porque se refrenó y dijo:

–Aún no lo he decidido.

Él volvió al despacho y cerró la puerta, sin más.

Tess apretó los puños y se formuló una pregunta directamente relacionada con la de Danilo, aunque en términos muy diferentes: «¿Cómo puedes ser tan patética?»

Por supuesto, no se llegó a responder. Pero ya no tenía dudas de que, cuando estaba con aquel hombre, llegaba a las cumbres más altas del patetismo.

Al día siguiente, Tess descubrió que Danilo Raphael no viajaba en aviones de línea, sino en un avión privado; y se quedó sorprendida cuando vio el lujo del interior.

Sin embargo, se sobrepuso a su asombro e hizo un esfuerzo por entablar una conversación con Natalia, sin demasiado éxito. Aunque le arrancó un par de sonrisas, fue incapaz de sacarla de su humor sombrío.

Como no se le ocurría otra cosa, optó por agarrar el toro por los cuernos con la esperanza de que reaccionara. Y no salió precisamente bien.

–Supongo que estarás contenta.

–¿Contenta? ¿Por qué?

–Por la cita con el cirujano. Por la posibilidad de que...

–¿De que vuelva a caminar otra vez? –la interrumpió.

–Sí, claro.

–He tenido citas con muchos cirujanos, e imagino que tendré muchas más –declaró–. Danilo no se rendirá nunca. Cree en los milagros.

A Tess se le hizo un nudo en la garganta. Natalia lo había dicho sin emoción alguna, como si fuera algo irrelevante; pero, si hubiera derramado un mar de lágrimas, no la habría emocionado más.

Se sintió tan impotente que guardó silencio. Y, durante los momentos posteriores, le dio por pensar que Danilo debía de sentir lo mismo, aunque con dos diferencias: que lo sentía todos los días y multiplicado por mil.

La limusina que los recogió en el aeropuerto era tan elegante como el avión, y Tess se dijo que no le costaría nada acostumbrarse a esos lujos. Pero no iba a tener esa oportunidad. Cuando terminara su trabajo, volvería a Inglaterra en un avión normal y corriente, y los Raphael pasarían a ser un recuerdo que desaparecería poco a poco.

Durante los días anteriores, había establecido una relación tan intensa con ellos que casi los consideraba de su familia. Sin embargo, sabía que ese sentimiento de intimidad era una ilusión, y que no debía olvidar que estaba allí como una contratada, como una profesional a la que Danilo había acudido en busca de ayuda.

De hecho, el trayecto en la limusina fue menos agradable que el viaje en avión porque estaba tan cerca de él que no podía escapar de su imponente y abrumadora energía física. Se había sentado junto a ella y, cada vez que sus piernas se rozaban, Tess se estremecía con una oleada de calor hormonal.

No se había sentido así en toda su vida.

Como tantas veces, se preguntó si era posible que un hombre con su experiencia no hubiera notado el efecto que tenía en ella. Lo encontraba difícil de creer, aunque estaba dispuesta a creerlo. Pero había otra posibilidad, y le desagradaba bastante más que la primera: que lo hubiera notado y lo despreciara porque no la encontraba apetecible.

¿Se habría engañado a sí misma? ¿Habría interpretado mal la tensión que había entre ellos? ¿Sería un producto de su imaginación?

Fuera como fuera, era evidente que la tensión entre los dos hermanos no era producto de ninguna mente calenturienta. Cada vez que él abría la boca, ella le lanzaba una mirada de odio y una frase cargada de dinamita. Danilo soportaba sus insultos e indirectas con la paciencia de un santo, y hasta la propia Tess se cansó de la actitud de la joven. Pero, en determinado momento, Nat rompió a llorar y dijo:

—Lo siento, Danilo. Lo siento mucho.

Él la tomó de la mano y sonrió.

—No hay nada que sentir.

Tess tuvo que girarse hacia la ventanilla para que

no vieran que ella también había derramado unas lágrimas. Y, justo entonces, la limusina se detuvo.

–¿Es aquí? –preguntó Nat, extrañada.

–No, pero tenemos tiempo de sobra, y he pensado que te apetecería tomar un café. Si no recuerdo mal, es tu hotel preferido.

Nat miró el hotel e hizo un esfuerzo por fingirse entusiasmada.

–¡Genial! –exclamó.

Una hora más tarde, Tess estaba en el cuarto de baño del restaurante, lavándose las manos. La idea de tomar algo se había convertido en una pesadilla. Danilo hablaba poco o nada y Nat, nada en absoluto; así que ella había intentado compensarlo con una cháchara alegre que solo había servido para una cosa: que se cansara de oír su propia voz.

–Y tú pensabas que tenías problemas –se dijo ante el espejo.

Aterrada ante la perspectiva de volver al infierno de los dos hermanos, se quedó tanto tiempo como pudo en el servicio. Pero ya se había lavado varias veces, y retocado el carmín otras tantas.

–Sé valiente, Tess.

Se armó de valor, echó los hombros hacia atrás y volvió al restaurante, que ya no estaba tan vacío como cuando se fue.

Durante su ausencia, el restaurante del hotel se había llenado de periodistas que dirigían preguntas a la misma persona; la última persona a la que Tess esperaba o deseaba ver: su madre, Beth Tracy.

Danilo, que ya empezaba a hartarse de esperar a Tess, notó que avanzaba entre la multitud como un ratoncito asustado, como si tuviera miedo de que alguien la relacionara con aquella mujer. Y le pareció hasta gracioso, porque demostró tener tanto talento para no llamar la atención como los reporteros para lo contrario.

Cuando llegó a su altura, le preguntó:

–¿Por qué has tardado tanto? Nat está en el coche.

–Lo siento, es que...

Tess no terminó la frase; se limitó a ponerse al otro lado de Danilo, para que su cuerpo hiciera de parapeto entre ella y los periodistas mientras salían del edificio. Y, obviamente, él también lo notó.

–¿Conoces a esa mujer? –preguntó, ya en el coche.

Tess suspiró.

–¿A qué mujer? –intervino Nat–. ¿A la que están entrevistando?

–¿A quién si no? –dijo su hermano–. Es Beth Tracy, una de las personas que se presentan a la alcaldía.

Tess asintió, nada extrañada de que Danilo estuviera tan bien informado.

–Aún no sabe si se va a presentar –puntualizó.

–Entonces, la conoces –insistió él.

Tess se encogió de hombros.

–Cómo no. Es mi madre.

Por primera vez desde que se conocían, Danilo la miró con asombro. Y Tess se habría sentido extremadamente satisfecha si no hubiera sido porque estaba acostumbrada a que la gente reaccionara con sorpresa al saber que era hija de Beth.

–No lleváis el mismo apellido –observó Nat.

–Porque ella prefiere su apellido de soltera.

–¿Y tu padre esta de acuerdo?

–Supongo que lo habría estado, pero murió cuando yo era pequeña. Mi madre me crio sin ayuda de nadie.

Natalia sonrió de oreja a oreja.

–¡Guau! ¡Eres hija de una famosa!

–Sí, eso me temo.

El tono de Tess despertó la curiosidad de Nat, que preguntó:

–¿No os lleváis bien?

–Al contrario. Nos llevamos tan bien como se pueden llevar una madre y una hija –contestó–. Pero tenemos vidas muy distintas, y no nos parecemos mucho. Es una mujer muy ocupada, y yo... bueno, no importa. Estoy orgullosa de ella.

–No sabía que tuvieras familia en Londres –dijo Danilo–. Si quieres, podemos pasar la noche aquí y volver a Italia mañana.

A Tess le sorprendió su oferta.

–No hace falta. Mi madre tiene muchos compromisos, y no puede quedar conmigo si no la aviso con antelación.

–¿Insinúas que tienes que pedir cita para ver a tu madre? –se interesó Nat.

Tess soltó una carcajada.

–No, por supuesto que no –dijo–. Pero está de precampaña electoral, y no tiene tiempo para nadie.

–¿Y tú no la vas a ayudar? –intervino Danilo.

Tess sacudió la cabeza y respondió de la forma más sucinta posible:

—Mi madre es perfectamente consciente de que la política no es lo mío. Y, por otro lado, tiene toda la ayuda que necesita.

Minutos después, entraron en un edificio de Harley Street. Los dos hermanos entraron en el ascensor en compañía de uno de los empleados de la clínica, y Tess se quedó en el vestíbulo de la planta baja.

Mientras esperaba, le ofrecieron un té que rechazó. Luego, alcanzó unas revistas y se dedicó a hojearlas para matar el tiempo, pero estaba tan tensa que se puso en pie y empezó a caminar de un lado a otro, preguntándose cómo se sentirían Danilo y Nat si hasta ella era incapaz de permanecer sentada.

Al cabo de media hora, Danilo volvió al vestíbulo.

—¿Qué ha pasado?

—Que Natalia quiere hablar en privado con el doctor.

Por su expresión, nadie habría imaginado que se sentía completamente perdido. Era la primera vez que su hermana le pedía que saliera de una consulta y la dejara a solas con un médico. Hasta entonces, siempre había ejercido de intermediario entre ellos. Y, aunque podía comprender que Natalia quisiera enfatizar su independencia, lo había vivido como si fuera la más inesperada y feroz de las traiciones.

—Ya, pero ¿qué ha pasado?

Danilo parpadeó y miró a Tess. Estaba tan sumido en sus pensamientos que no entendió su pregunta.

—¿Cómo? ¿Qué has dicho?

—¿Ha ido todo bien?

Él se encogió de hombros.

—Depende de qué se entienda por eso —contestó—. De todas formas, esta solo es la primera consulta. Habrá más.

—Ah...

Danilo dudó un momento, como si no estuviera seguro de querer decir lo que dijo a continuación:

—Sé que mañana es tu día libre, y es posible que hayas hecho planes. Pero, si no es mucha molestia, ¿podrías quedarte con Nat? Siempre se deprime después de una consulta. Es duro para ella.

Tess pensó que también era duro para él, aunque lo disimulara con gran maestría. De hecho, le habría dedicado unas palabras amables o le habría dado un abrazo si no hubiera sospechado que se sentiría incómodo.

—Claro que puedo.

Él ladeó la cabeza y dijo:

—Gracias, Tess.

Ella no quería su gratitud, pero quería que fuera feliz y se alegró al ver que la tensión de sus labios se difuminaba.

—Bueno, parece que las cosas van bien, ¿no? O, por lo menos, no tan mal como podrían ir —declaró Tess, intentando animarlo un poco más—. Mi madre siempre dice que hay que vivir el presente. Aunque, ahora que lo pienso, puede que solo sea un cliché... En fin, olvídalo. Solo quiero que sepas que...

–¿Sí?

Tess respiró hondo, nerviosa.

–Que, si alguna vez necesitas hablar, soy todo oídos.

Danilo tuvo la impresión de que algo se había roto en su interior. Tess solo intentaba ayudar, y él necesitaba que lo ayudaran; pero se sentía como si no se creyera merecedor de la ayuda de nadie. ¿Siempre había sido así? ¿Se castigaba a sí mismo por lo que le había sucedido a su hermana?

Desesperado, se dejó llevar por las emociones e hizo lo único que le podía dar algún consuelo en esa situación: se acercó ella y, sin advertencia alguna, le puso una mano en la nuca y bajó la cabeza hasta apoyarla en la frente de Tess, que se quedó helada, incapaz de creer lo que estaba pasando.

El tiempo parecía haberse detenido. Los labios de Danilo estaban tan cerca de los suyos que no hubo duda alguna sobre sus intenciones. La iba a besar.

Y entonces, él se apartó.

Tess carraspeó, intentando recuperar la compostura. ¿Qué podía hacer ahora? ¿Qué debía hacer? ¿Fingir que no había pasado nada? ¿Olvidar el asunto? Quizá habría sido lo más sensato, pero nunca había sido una mujer sensata.

–¿Qué ha sido eso? –preguntó.

–Una lección.

Danilo no lo dijo, pero se incluía a sí mismo como destinatario de la lección. Su hermana estaba a punto de dar un paso que le podía devolver la esperanza o quitársela para siempre, y él solo pensaba en acostarse con Tess.

¿Qué tipo de persona hacía eso? Desde su punto de vista, una mala persona. Y se sentía en la obligación de protegerla.

—¿Una lección?

—Mira, sé que te tienes por una experta en materia de sentimientos, pero los hombres como yo no...

—¿No tenéis sentimientos?

—Claro que los tenemos, pero no hablamos sobre ello de forma obsesiva.

—¿Y cómo os libráis del estrés?

—No sé cómo se librarán los demás. En mi caso, el sexo es la mejor de las opciones —contestó—. Y, si no me estás ofreciendo sexo, no me puedes ayudar.

Tess bajó la mirada, sorprendida y avergonzada al mismo tiempo con el efecto de su descarnada franqueza: en lugar de asustarla, Danilo había conseguido que se excitara salvajemente. Y aún estaba buscando una respuesta a sus palabras cuando él continuó:

—Es obvio que mi vida y la vida de mi hermana te interesan mucho. Pero no te muestras tan entusiasta cuando se trata de hablar de tu vida y tu familia.

—¿Qué quieres decir?

—Lo sabes de sobra. Cuando nos hemos interesado por tu madre, has contestado lo justo y te has cerrado en banda.

—¿Y qué? Eso no es...

—¿Asunto mío?

Tess se ruborizó, consciente de que Danilo la había vencido con sus propias armas. Pero, por suerte para ella, Nat apareció enseguida.

—¿Qué ha pasado? —preguntó su hermano.

Natalia sacudió la cabeza.

—Ahora no me apetece hablar —dijo—. ¿Podemos volver a casa?

Capítulo 7

UNA SEMANA más tarde, Danilo se subió al coche que había dejado en el helipuerto y tomó el camino que llevaba al palazzo; pero, cuando llegó, oyó voces procedentes del picadero y decidió acercarse. La perspectiva de ver a Tess con pantalones de amazona era más interesante que la de volver a casa.

Se había cruzado con ella a primera hora de la mañana, antes de dirigirse al helipuerto. Tess, que acababa de salir de la ducha, llevaba el pelo mojado; y, aunque estaban a varios metros de distancia, Danilo captó el olor de su champú.

Al recordarlo, pensó que esa distancia era la tónica de los últimos días. Ni ella se acercaba a él ni él se acercaba a ella. Y, aunque fuera una táctica adecuada para evitar tentaciones, no tenía demasiado éxito en lo tocante al deseo: la deseaba más que nunca, de un modo absolutamente abrumador.

Mientras caminaba, se quitó la chaqueta y se la puso al hombro. Hacía bastante calor, aunque no tenía nada de particular. Normalmente, Danilo se quedaba en la oficina hasta la noche; pero aquel día había salido antes, con intención de seguir trabajando en casa. A fin de cuentas, nadie le podía pedir explicaciones. Era el dueño de la empresa y, como solía decir su padre, la empresa estaba donde estaba él.

Desgraciadamente, su padre ya no podía decir nada.

Danilo se acordó de una conversación que habían mantenido años atrás, cuando él era un jovencito que quería ser estrella del rock o piloto de las Fuerzas Aéreas. Su padre le había dicho que, más tarde o más temprano, se encontraría en su posición y tendría que tomar decisiones sin estar seguro de que fueran correctas.

«Cuando eso ocurra», dijo, «confía en tu instinto. Y recuerda que, si quieres ser un buen líder, tienes que actuar con seguridad en cualquier caso, aunque no tengas ni idea de lo que debes hacer».

Danilo no lo entendió en su momento, convencido como estaba de que su padre era un ser omnipotente que lo sabía todo y podía con todo. Pero lo entendió con el tiempo, y habría dado lo que fuera por tener su instinto cuando su muerte lo obligó a tomar las riendas del imperio económico familiar.

Paradójicamente, la situación de su hermana lo ayudó mucho en ese sentido. No podía hacer nada por ella; solo podía ir al hospital donde convalecía y sentarse junto a su cama. Era tan angustioso y escapaba tanto a su control que, comparado con eso, dirigir una empresa resultaba casi relajante. Sin embargo, la Natalia de entonces no rechazaba su ayuda. A diferencia de la de ahora.

Danilo no conseguía olvidar que lo había echado de la consulta con el argumento de que quería hablar a solas con su doctor. Y tampoco olvidaba que, al día siguiente, cuando le aseguró que no lo había echado con intención de castigarlo, él supo que estaba mintiendo. Pero, ¿por qué lo quería castigar? ¿Qué había hecho para merecer semejante actitud?

Las palabras de Nat no le dieron pista alguna sobre sus motivos. En cambio, fue tan exhaustiva como explícita sobre la conversación que había mantenido con el médico; y, cuando él la felicitó por haber formulado todas las preguntas pertinentes, ella sonrió y dijo: «He tenido un buen profesor».

–Buenas tardes, señor Raphael.

La voz de uno de los mozos de cuadra lo sacó de sus pensamientos. Danilo le devolvió el saludo, y se sintió culpable porque no pudo recordar cómo se llamaba y porque sabía que su padre lo habría recordado. Al parecer, solo estaba a su altura en lo tocante a los negocios, donde se había ganado el respeto de todo el mundo.

Tess estaba en el picadero, de pie. Danilo la vio en cuanto entró, y se sintió más incómodo que nunca.

¿A quién intentaba engañar? Tess le gustaba. Tenía que asumirlo y seguir adelante, sin dar demasiadas vueltas a sus propios sentimientos, buscando un romanticismo que solo habría existido en su imaginación. No era la mujer de su vida. No era su media y misteriosa naranja. Allí no había más misterio que el deseo sexual y sus dificultades para resistirse a él, porque estaba ante la criatura más tentadora que había conocido.

Si hubiera podido olvidarla, la habría olvidado; pero no podía, y no iba a solucionar el problema mediante el procedimiento de fingir que no pasaba nada. Habría sido como tener una herida abierta y mirar para otro lado como si se fuera a curar sola.

Solo había una solución: cerrar la herida. Y, por mucho que le disgustara, solo había una forma de cerrarla.

Entonces, ¿por qué se resistía a dar ese paso? Tess no habría ido a Italia si él no le hubiera ofrecido un empleo. Estaba allí en calidad de contratada, y se marcharía de inmediato si él se lo pedía.

Pero no se trataba de él, sino de Natalia. Su hermana había mejorado mucho gracias a Tess Jones. Había recuperado las ganas de vivir y, aunque se mostrara cada vez más rebelde, Danilo no podía negar que la influencia de la joven inglesa había sido claramente positiva, empezando por el propio Franco.

Su primo parecía un perrito faldero cuando estaba con ella. Y hasta su tía, que no era una mujer fácilmente impresionable, había llegado a decir que Tess era una mujer sensata y un soplo de aire fresco.

¿Qué podía hacer?

Danilo apretó los dientes, avergonzado ante el hecho de que hubiera considerado la posibilidad de despedirla. Pero tenía que encontrar una solución.

—Maldita sea... —se dijo.

El picadero estaba dentro de las caballerizas y, como tenían bastante menos luz que el exterior,

Danilo tardó en darse cuenta de que había una persona montando a caballo. Pero solo tuvo ojos para ella.

Tess se había recogido el pelo en una coleta que a él le resultó tan provocadora como sus botas de punta afilada. Llevaba un top rojo, un cinturón de cuero y unos pantalones que hacían maravillas con sus piernas. Estaba tan sexy que Danilo tuvo que echar mano de toda su fuerza de voluntad para no acercarse, abalanzarse sobre ella y asaltar su boca mientras le acariciaba los senos.

Definitivamente, tenía un problema. O encontraba la forma de soportar el deseo durante las tres semanas que faltaban para que Tess volviera a Inglaterra o rompía su vieja y sensata norma de no acostarse con nadie que estuviera relacionado con su familia. Aunque, pensándolo bien, las normas estaban para romperlas.

¿O no?

Justo entonces, notó que la persona que estaba montando a caballo era nada más y nada menos que su hermana. Y se enfadó tanto que gritó:

—¿Qué diablos está pasando aquí?

Tess se giró hacia él y, al ver que se dirigía hacia Nat con intención de descabalgarla, le salió al paso y lo agarró del brazo.

—No, por favor, deja que siga —le rogó—. Si la obligas a desmontar, se sentirá terriblemente avergonzada.

—Está montando a caballo —dijo él, como si no pudiera creer lo que veía—. Mi hermana está montando a caballo.

Ella asintió.

—Sí, y se está divirtiendo mucho.

—Pero...

—Tranquilízate. No pasa nada.

—¿Que me tranquilice? —bramó él, antes de repetir lo evidente—. ¡Está montando a caballo!

—¿Cuántas veces lo vas a decir?

—Las que hagan falta. Esto es culpa tuya. Si no hubiera sido por ti, nunca se le habría ocurrido la idea de montar.

Tess arqueó una ceja.

—Bueno, ya me darás las gracias más tarde —ironizó.

Danilo sacudió la cabeza.

—Mira, he tolerado tus ocurrencias porque mi hermana parecía disfrutar con ellas, pero has cruzado una línea muy peligrosa. Has puesto a Nat en peligro.

—Nat no corre ningún peligro —se defendió.

—Quiero que hagas las maletas y te marches a un hotel. Compraré un billete de avión para que te vayas mañana mismo.

Tess se quedó helada.

—¿Me estás despidiendo?

—En efecto.

—Pero eso no tiene sentido.

—Tiene todo el sentido del mundo.

Tess se aferró a él y declaró, desesperada:

—Piénsalo bien, por favor. Puedes despedirme si quieres...

—Gracias por darme permiso —dijo con sorna.

—Te ruego que lo reconsideres. Estás a punto de

cometer un error del que te arrepentirías después. Nat ha dado un gran paso adelante. Le ha costado mucho, pero lo ha dado. Y, si intervienes ahora, solo conseguirás que se avergüence de sí misma.

–Mejor avergonzada que herida.

–No le pasará nada –insistió.

–¿Cómo te has atrevido a...?

–Te lo pregunté, Danilo –lo interrumpió–. Te lo pregunté y me dijiste que no había ningún problema.

–No me preguntaste si mi hermana podía montar a caballo –puntualizó él–. Solo me preguntaste si tú podías venir y usar las instalaciones.

–Bueno, es posible que no fuera tan clara como pretendía, pero pensé que mis intenciones eran obvias.

–Pues no lo eran.

–Quizá lo habrían sido si me hubieras dado la oportunidad de explicarme –replicó ella con resentimiento–. Pero, desde que volvimos de Londres, me tratas como si fuera una apestada. Cualquiera diría que estás huyendo de mí. Y, cada vez que coincidimos en una habitación, sales disparado.

–Deja de buscar excusas, Tess. No me lo dijiste porque sabías que me habría opuesto a esta locura.

–Esta locura es una de las mejores ideas que he tenido en toda mi vida. Pero es cierto que no he sido completamente sincera contigo. ¿Quieres saber la verdad? ¿Quieres saber por qué no te lo dije?

–¿Por qué?

–Porque Nat me pidió que lo guardara en secreto.

Danilo se quedó sin palabras.

–Quería darte una sorpresa –continuó ella–. Y, aunque fui yo quien propuso que montara a caballo, te aseguro que no ha corrido peligro en ningún momento.

–No puedes estar segura de eso.

–Por supuesto que lo estoy –afirmó, tajante–. Trabajé en unos establos especializados en personas con discapacidades, y algunas de ellas tenían problemas mucho más graves que los de tu hermana.

–¡Mi hermana no es una discapacitada! –protestó–. ¡Mi hermana volverá a caminar!

Tess suspiró.

–Llámalo como quieras, pero tu hermana está como está. Además, ¿qué pretendes que haga con su vida? ¿Que se quede en su silla de ruedas hasta que vuelva a caminar? –preguntó, intentando razonar con él–. Mírala, Danilo. Hacía tiempo que no se divertía tanto. Despídeme si quieres, pero no estropees este momento.

Danilo miró a su hermana. No podía negar que parecía feliz.

–Te juro que, como se caiga del caballo...

–Ni siquiera es un caballo –dijo ella–. Es un poni, el más tranquilo de todos los que tenéis. Y, por si eso no fuera suficiente, tampoco lo lleva sola.

Él gruñó. Estaba tan alterado que no se había dado cuenta de que había dos mozos de cuadra junto a su hermana, uno de los cuales sostenía las riendas del animal.

–Por mí, como si fuera un burro. No tenías derecho a hacer algo así sin consultarme.

–Lo siento.

–No, no lo sientes.

Tess se encogió de hombros.

–Puede que no, pero Nat no corre peligro. Y, por favor, deja de mirarla como si estuvieras a punto de estallar. Ha sido muy valiente, y lo ha sido porque quería que te sintieras orgulloso de ella.

–Y me siento orgulloso de ella.

–Pues demuéstralo. Sonríe.

La amonestación de Tess le arrancó un grito ahogado. Por lo visto, el objeto de su deseo no podía abrir la boca sin reprenderlo por algún motivo. Y Danilo pensó que no necesitaba una mujer que se metía sistemáticamante donde no la llamaban y se creía el no va más de la rectitud moral, sino una que lo apreciara por lo que era.

–Me pregunto cómo es posible que haya sobrevivido hasta ahora sin que tú me digas lo que tengo que hacer –replicó, molesto.

–Y yo me pregunto cómo sobrevivirás cuando me haya ido.

Él la miró con rabia.

–Estás despedida, Tess.

–¿Despedida?

Tess sintió pánico, y se quedó atónita con su propia reacción. ¿A qué venía eso? No era una situación que lo justificara. Ni estaba en peligro ni sometida al acoso de nadie, como le había pasado con Ben. Entonces, ¿a qué se debía? ¿A la perspectiva de dejar Italia? ¿Al hecho inequívoco de que no volvería a ver a Nat?

Al pensarlo, se dio cuenta de que su pánico no tenía nada que ver con ninguna de esas cosas. Estaba sencillamente aterrorizada porque no quería perder a Danilo.

—Lo siento, Tess, pero ya no lo aguanto más. Siempre consigues...

—¿Enfadarte? —dijo ella, sin aliento—. Sí, ya lo sé.

—No me refería a eso. Lo sabes de sobra.

Ella sacudió la cabeza con nerviosismo. Y su valentía la abandonó definitivamente cuando él se inclinó con intención de besarla.

—¿Qué estás haciendo? —acertó a decir.

Danilo se preguntó lo mismo, aunque sin formularlo en voz alta. ¿Qué estaba haciendo? Y, justo entonces, se oyó la entusiasta voz de Nat.

—¡Danilo!

Tess se apartó de él, roja como un tomate, y Danilo hizo un esfuerzo por ofrecer a Nat lo que Tess le había pedido: una sonrisa.

Afortunadamente, Nat no se había dado cuenta de nada.

Mientras Nat cabalgaba hacia ellos, Danilo se dijo que su alegría merecía bastante más que una simple y vulgar sonrisa. Aún estaba alterado por lo que había estado a punto de pasar entre Tess y él, pero su hermana lo miraba con una expresión de orgullo tan entrañable que se le encogió el corazón.

–Sé que lo puedo hacer mejor –dijo–, pero eso carece de importancia. ¡Puedo montar, Danilo! ¡Todavía puedo!

–Ya lo veo –replicó.

–Esperadme aquí. Dejaré el poni en el establo y le pediré a los mozos que me ayuden a desmontar.

Danilo dio un paso adelante, pero Tess lo agarró del brazo.

–Deja que lo haga ella. No estropees el momento.

Él frunció el ceño.

–¿Eso es lo que crees que hago? ¿Estropear las cosas?

Tess tragó saliva.

–Sonríe, por favor, y no culpes a Nat por haber montado sin tu permiso. Ha sido idea mía. Si quieres enfadarte con alguien, enfádate conmigo.

–Ya sé que ha sido idea tuya.

Segundos antes de entrar en el establo del poni, Nat se giró hacia su hermano y gritó:

–¡No te preocupes por mí, Danilo! No necesitamos que nos ayudes. Lo tenemos todo controlado...

–Como tú digas, *principessa*.

Natalia sonrió.

–¿*Principessa*? Hacía siglos que no me llamabas eso.

–Porque hacía siglos que no te ponías tan mandona –se burló él.

–Pues debería hacerlo con más frecuencia. Es enormemente placentero.

Nat desapareció, y Danilo tuvo que acelerar el paso para alcanzar a Tess, que se dirigía hacia la zona de las gradas.

–Supongo que estás esperando una disculpa. Quieres oírme decir que tú tenías razón y yo estaba equivocado.

–Sí, estabas equivocado, pero no se trata de quién tiene la razón.

–Entonces, ¿de qué se trata?

–De asumirlo con naturalidad –contestó–. Y es obvio que no estás acostumbrado a reconocer tus errores.

Danilo se sumió en un silencio que rompió al cabo de unos segundos.

–Cuando era niño, venía al picadero a ver montar a mi madre –declaró.

–Nat dice que era una gran amazona.

Él asintió.

–Estaba en la selección nacional de equitación –le explicó–. Abandonó su carrera cuando se casó con mi padre.

–Mi madre dice que una mujer no debería dejar nunca su trabajo.

–Estoy de acuerdo con ella. Pero nadie obligó a la mía a dejar el suyo –puntualizó Danilo–. Hizo lo que quería hacer.

Tess se sentó en la primera fila de las gradas y dijo:

–Siempre me han dado miedo los caballos.

–Pues a Nat le encantan. Y, ¿sabes una cosa? Al verla aquí, me he dado cuenta de que cada día se parece más a mi madre.

–¿Físicamente?

–Sí, también, pero no me refería a eso. Ha heredado su carácter –contestó–. Recuerdo que, en cierta ocasión, se cayó del caballo. La tuvieron que llevar al hospital, donde le pusieron un collarín porque se había hecho una lesión en el cuello. Yo me asusté mucho. Y, al día siguiente, volvió a montar como si no hubiera pasado nada.

–Por lo visto, era toda una mujer...

–Sí que lo era. Pero, ¿por qué te asustan los caballos?

–Bueno, no es exactamente que me asusten. Es que tengo miedo a las alturas.

Danilo rio.

–¿Cómo es posible? Si no recuerdo mal, trabajaste en unos establos.

–Pero con los pies en el suelo –puntualizó–. Mi madre insistía en que participara en proyectos comunitarios que, normalmente, no me gustaban mucho. Pero aquel fue de lo más satisfactorio. Descubrí que era una terapia magnífica para personas como Nat.

Danilo se sintió culpable. Los hechos habían demostrado que Tess tenía razón y, por otro lado, Natalia estaba radiante de felicidad.

–¿Qué opinas entonces? ¿Podemos seguir con las sesiones de equitación? –preguntó ella–. ¿Me perdonas?

Él pensó que no tenía nada que perdonar. Se había asustado mucho al ver a su hermana en aquel poni, y lo había pagado con Tess. Eso era todo.

–Sí, podéis seguir con las sesiones.

Ella se sintió aliviada y decepcionada al mismo tiempo; aliviada, porque Danilo había cambiado de opinión y decepcionada, porque no le había pedido disculpas.

Sin embargo, Natalia apareció un momento después en su silla de ruedas, y Tess se olvidó de lo demás.

Capítulo 8

YO NO me creía capaz, pero Tess insistió —dijo Nat con una gran sonrisa—. Dijo que lo podía hacer.

Danilo miró a su hermana y lamentó no haber sido él quien la animara a montar.

—Bueno, ¿qué te ha parecido? —continuó la joven—. Habría preferido que me vieras más adelante, cuando hubiera mejorado un poco, pero ya que no ha podido ser...

—¡Has estado genial!

La sonrisa de Nat se volvió absolutamente radiante. De hecho, estaba tan contenta que hizo un giro casi acrobático con su silla de ruedas, para espanto de Danilo.

—Sí que lo he estado, ¿verdad?

—¿Y qué vas a hacer ahora? ¿Subir al Everest? —bromeó su hermano.

—No, eso será la semana que viene. Pero será mejor que me vaya, porque el fisioterapeuta me está esperando. ¿Vienes conmigo, Tess?

—¿Me la prestas unos minutos? Tengo que hablar con ella.

—¿Ah, sí? ¿Y de qué quieres hablar con ella?

Danilo la miró con intensidad.

–Te recuerdo que falta poco para tu cumpleaños. Y también te recuerdo que no deberías hacer tantas preguntas.

Los ojos de Nat brillaron con picardía.

–Está bien, te la prestaré un rato –dijo–. Pero no tardes mucho, Tess. Hemos quedado en la peluquería a las tres y media.

–Tenemos tiempo de sobra.

Nat se alejó y, cuando ya no los podía oír, Danilo dijo:

–Cancela esa cita.

Ella parpadeó, sorprendida.

–¿Que la cancele? ¿Por qué?

–Porque sería preferible que la peluquera venga aquí, al palazzo.

–Por Dios, Danilo... Ir a la peluquería es mucho más divertido que peinarte en casa. Pero supongo que tú no lo puedes entender. Eres poco sociable.

Danilo se negó a morder el anzuelo de su provocación. Entre otras cosas, porque tenía motivos de peso para pedirle que se quedaran allí.

–Puede que Nat no te haya dicho nada, pero se produjo una situación bastante lamentable la última vez que fue a la peluquería.

–¿Te refieres a que no pudo entrar en el cuarto de baño porque la silla de ruedas no cabía por la puerta?

Él arqueó una ceja, sorprendido.

–Ah, así que lo sabes...

–Sí, claro.

Danilo apretó los dientes.

–¿Y quieres que vaya de todas formas? ¡Es inconcebible! ¿Es que no te importa que lo pase mal? —declaró con indignación—. ¿Sabes lo que yo creo?

Tess se encogió de hombros, algo cansada de su actitud.

—No, pero sospecho que me lo vas a decir.

—Creo que Natalia no te preocupa en absoluto. Solo quieres demostrar que tienes razón en todos los casos. ¡Eres la entrometida por excelencia! Deberías poner orden en tu vida antes de dar lecciones a los demás.

Tess estuvo a punto de decir algo de lo que se habría arrepentido más tarde, pero prefirió guardar silencio.

—Mi hermana se quedará en casa —continuó él—. Si quiere arreglarse el pelo, habla con la peluquería y pídeles que manden a alguien.

—Es un trayecto muy corto —dijo ella, intentando razonar—. No le pasará nada.

—¿Estás dispuesta a permitir que se burlen de mi hermana con tal de llevarme la contraria? —preguntó.

—Yo no intento llevarte la contraria.

—Pues lo haces muy bien. Casi tan bien como meter las narices donde no te llaman.

Tess alzó la barbilla.

—Estás completamente equivocado. No se trata de mí, sino de Nat.

—Oh, vamos. Todo gira a tu alrededor desde que llegaste —replicó Danilo, pasándose una mano por el pelo.

—Mira, solo quiero que seáis felices. Y si puedo hacer algo por...

–¿Llevar un poco de luz a nuestras tristes y pobres vida? –la interrumpió con sorna–. No me vengas con esas, Tess. No necesito un maldito rayo de sol.

Tess se preguntó qué necesitaba entonces; pero, cuando se quiso dar cuenta de lo que pasaba, descubrió que Danilo se había acercado y estaba ahora a escasos centímetros de ella, más alto y peligroso que nunca. Parecía un volcán a punto de entrar en erupción. Su energía había cargado el ambiente.

–Serás mejor que entiendas esto: No soy una buena persona –dijo él con tono de amenaza–. Sería capaz de hacer cualquier cosa por mi hermana. Cualquier cosa.

–¿Como encerrarla en una jaula de oro e impedir que se relacione con la gente por miedo a que la miren mal?

Las palabras de Tess no rebajaron la tensión de Danilo, pero rebajaron la de ella. Cuando vio que su rostro se encendía de rabia, sintió una extraña simpatía que se llevó por delante su enfado y su hartazgo. Danilo solo quería proteger a su hermana. Y ese era uno de los principales problemas de Nat, porque lo adoraba de tal forma que se dejaba dominar por él.

–¿No te parece que estás exagerando un poco?

–¿De verdad crees que exagero?

Danilo frunció el ceño.

–Sí.

–Pues te equivocas otra vez. No puedes proteger a tu hermana de todos los males del mundo, grandes o pequeños –alegó–. Además, es evidente que la subestimas. Nat es una luchadora. Sabe que siempre habrá gente que se burle de ella o la mire mal porque su presencia les incomoda, pero también sabe que la solución no pasa por esconderse.

Danilo supo que Tess tenía razón, pero solo sirvió para que se sintiera más incómodo y frustrado.

—¿Lo ves? No te puedes resistir a la tentación de dar lecciones morales.

Ella se encogió de hombros.

—No pretendo dar lecciones. Pero la verdad es la verdad, y no cambiará por mucho que te disguste.

—¿Por quién me has tomado, Tess? No soy un niño pequeño al que puedas impresionar con tu filosofía barata —replicó.

—Me alegro, porque no tengo la menor intención de impresionarte a ti —dijo Tess, pensando que hablar con él era como hablar con las paredes—. Es obvio que te tienes por un hombre grande y fuerte que está en la obligación de salvar a damiselas en apuros, pero algunas mujeres no necesitamos que nos salven. Y tampoco necesitamos que el imponente Danilo Raphael nos diga lo que debemos hacer y cómo debemos hacerlo.

Tess se arrepintió de perder la calma en cuanto empezó su vehemente discurso, porque no quería ser tan frustrante e injusta como él. Pero las palabras surgieron de todas formas y, al final, se le quedó mirando con las manos en las caderas, como dejando claro que estaba dispuesta a plantarle cara y que no se iba a esconder detrás de ninguna bala de heno.

En cambio, las preocupaciones de Danilo eran

de carácter radicalmente distinto. Mientras ella hablaba, él la imaginaba desnuda. No lo podía evitar. Estaba perdiendo el control de sus emociones, y ni siquiera entendía la razón.

¿Por qué se sentía así? Tess Jones era muy atractiva, pero no encajaba en su tipo de mujer. ¿Sería una consecuencia secundaria de su abstinencia sexual? ¿Había despreciado sus necesidades hasta el punto de que se volvían contra él mismo? Incluso llegó a pensar que, si se hubiera acostado con Alexandra, no se habría encontrado en esa situación.

Sin embargo, no estaba tan ciego como para engañarse con tanta facilidad. Se conocía bien, y sospechaba que no había clavado la vista en sus labios porque fueran los únicos que tenía cerca, sino porque eran los únicos que quería besar.

Tras sopesarlo, decidió que el deseo le había jugado una mala pasada y que debía afrontar el problema. Aún podía llamar a Alexandra; y, si ya no estaba interesada en él, se acostaría con cualquiera que no le llevara la contraria constantemente. Solo tenía que encontrar un rato libre en su apretada agenda y hacer el amor con alguien, porque la opción de mantener una relación seria estaba fuera de lugar.

Danilo no tenía demasiada experiencia al respecto. Ninguna de sus relaciones había durado más de tres o cuatro meses, pero todas habían exigido más tiempo y energías de las que estaba dispuesto a invertir en esas circunstancias. Y no iba permitir que una distracción emocional lo alejara de las cosas verdaderamente importantes, como el bienestar de Nat y sus obligaciones laborales.

–¿Que no necesitas que te salven? –preguntó Danilo–. Te recuerdo que, si no hubiera sido por mí, aún estarías a merced de ese canalla.

–Eso no es verdad. Me lo habría quitado de encima –afirmó–. Sé cuidarme sola.

–Pues lo disimulas muy bien.

–¿Qué significa eso?

–Que eres una irresponsable, Tess. Vas por el mundo sin preocuparte de lo que pueda pasar. Corres a lo loco, te lanzas desde lo alto de cualquier acantilado y esperas que los demás te aplaudamos –contestó, sacudiendo la cabeza–. ¿Sabes cómo me he sentido cuando he visto a Natalia a lomos de ese maldito poni?

–Sí, me lo puedo imaginar.

–¿Y entonces?

–¿Qué quieres que te diga, Danilo? Sí, puede que cometiera un error al no informarte, pero Nat prefería darte una sorpresa.

–Y me la ha dado.

Ella suspiró.

–No entiendo nada. ¿Te parece bien que monte a caballo, o no?

–Claro que me parece bien. Eres tú lo que no me parece bien.

–¿Yo?

Danilo se pasó una mano por el pelo.

–Me estás complicando mucho las cosas. ¿No te das cuenta de que, cada vez que actúas sin consultarme, me pones en una situación insostenible? No me dejas opción. Si yo me opusiera ahora a que Natalia montara a caballo, pensaría que soy un monstruo. ¿Eso es lo que pretendes? ¿Quedar como una santa y dejarme a mí el papel de monstruo?

—Nunca he pensado que seas un monstruo —dijo con incomodidad—. De hecho, creo que eres...

—No, por favor, ahórrame los calificativos —la interrumpió—. Sospecho que mi ego no lo podría soportar.

Ella soltó una carcajada sin humor, pensando que estaba ante el hombre más arrogante que había conocido en su vida. Ante el más arrogante y el más sexy de todos.

—Yo no me preocuparía por tu ego. Tiene una armadura tan ancha que nada lo puede dañar —dijo—. Pero, volviendo al problema de Natalia, no es una figurilla de cristal que se vaya a romper al menor golpe. Aunque pudieras envolverla y guardarla en una caja, lejos de cualquier peligro, ¿qué ganaría con eso? Tiene que vivir.

Danilo arqueó una ceja.

—Nadie puede hacer todo lo que quiere. Ni siquiera yo.

Danilo lo dijo muy en serio. Durante años, se había limitado a disfrutar del presente y de todo lo que la vida podía ofrecer. Su idea de ser responsable consistía en felicitar a su madre por su cumpleaños y celebrar la Nochebuena en casa. Pero el trágico accidente de su familia lo había obligado a cambiar, y ya no actuaba nunca por impulso, sin sopesar bien las cosas. O casi nunca, porque había hecho una excepción con Tess Jones.

Volvió a mirar a la orgullosa mujer de las manos en las caderas y se preguntó cómo era posible que fuera tan desconsiderada. Todos los días se reunía con personas poderosas que lo trataban con respeto y hasta buscaban su aprobación, pero Tess lo desafiaba constantemente y no perdía ocasión de demostrarle que su aprobación le importaba un bledo.

–Puede que eso sea cierto –replicó ella–. Pero a ti no te dicen lo que tienes que hacer.

–¿Que no? Tú me lo dices todos los días. No respetas mi autoridad.

–Quizá sea porque no reconozco esa autoridad –contraatacó–. ¡La gente te dice lo que quieres oír porque te tiene miedo!

Él parpadeó, confundido.

–¿Insinúas que mi hermana me tiene miedo?

–No, no es eso, solo quiere satisfacerte –respondió–. Pero el hecho de que seas un tirano benévolo no te hace menos tirano. De vez en cuando, deberías probar a escuchar más y ordenar menos.

–Cuánta sabiduría –dijo con sarcasmo–. ¿Tienes más consejos que darme?

–Ahora que lo dices, sí.

–¿Y de qué se trata?

–De que actúas como si pensaras que siempre tienes razón. Y sabes que no es verdad.

–Yo solo sé que...

En lugar de terminar la frase, Danilo alzó una mano y le acarició la mejilla. Tess se sobresaltó y dio un paso atrás como si fuera uno de los caballos que estaban en los establos. La había dejado completamente sorprendida. Su respiración se había acelerado y, aunque ya no la tocaba, aún sentía su contacto en la piel.

–¿Por qué has hecho eso?

–Lo siento. No tenía intención.

Danilo sacudió la cabeza, incapaz de admitir lo que sentía por ella. Sus ojos ardían con una desesperación más elocuente que ninguna palabra. Y esa elocuencia silenciosa excitó a Tess de una forma nueva, que no había experimentado hasta entonces.

–Desde que llegaste al palazzo...

Una vez más, Danilo se detuvo. El ambiente se había cargado de tensión, como antes de una tormenta, y él no parecía capaz de atravesar sus densas nubes.

Tess, siempre consciente de su virilidad y su presencia física, notó esa tensión en las entrañas. Y una parte de ella tuvo miedo. Pero, en lugar de huir, se acercó a él sin apartar la vista de sus intensos ojos, se apretó contra su cuerpo y aspiró el aroma de su piel mientras sentía el calor y la dureza de sus músculos.

En el fondo de su mente, aún sobrevivía un fragmento de sensatez que se rebeló contra el deseo, intentando convencerla de que estaba a punto de cometer un error. Sin embargo, Tess hizo caso omiso. Se había imaginado muchas veces entre sus brazos, y había llegado el momento de vivirlo de verdad.

–Di mi nombre –ordenó él en voz baja.

Ella tragó saliva.

–Quiero oírtelo decir.

Tess bajó la cabeza y cerró los ojos. Él le puso una mano debajo de barbilla y ella se resistió; pero no a sus fuertes dedos, sino al calor que sentía en el vientre y al cosquilleo de sus excitadas terminaciones nerviosas.

No fue una resistencia duradera. Incluso entonces, se daba cuenta de que resistirse no tenía ningún sentido. Fuera lo que fuera esa sensación, había escapado a su control con la potencia de una fuerza primaria, irrefrenable. Y, aunque no supiera de qué estaba hecha, tomó la decisión de dejarse arrastrar.

—Di mi nombre —repitió.

Tess echó la cabeza hacia atrás, sintiéndose súbitamente débil, casi incapaz de mantenerse de pie. Su corazón se había desbocado, y su voz sonó como un susurro cuando dijo:

—Danilo.

Él suspiró y sonrió con una mezcla de afecto e instinto depredador que acabó con la escasa resistencia de Tess, si es que le quedaba alguna. Luego, descendió sobre ella con una lentitud exasperante, se detuvo un segundo antes de llegar a su boca y, tras mirarla a los ojos, le pasó la lengua por los labios.

Tess gimió cuando la paulatina y sensual posesión perdió la delicadeza y se convirtió en un beso hambriento y salvaje que la sorprendió por completo, porque nunca había vivido nada parecido. De hecho, estaba tan fuera de sí que no fue consciente de que retrocedían hasta que notó una pared contra los hombros.

Sin dejar de besarla, Danilo le pasó las manos por el cuerpo y las cerró sobre sus nalgas. Tess se arqueó instintivamente, y entró en contacto con su erección.

Danilo dijo algo que ella no entendió, pero el

sonido de su voz rompió la magia del deseo y reavivó los miedos de Tess, que soltó un grito ahogado. Si seguían por ese camino, harían el amor. Si no se detenían, acabarían en la cama. Y estaban a punto de cruzar la línea de los hechos consumados.

–No, todavía no.

Tess sacó fuerzas de flaqueza, le puso las manos en le pecho y lo empujó con suavidad. Tras unos segundos de desconcierto, Danilo la soltó y se apartó un poco. Ella se sentía tan débil que, si no hubiera sido porque estaba apoyada en la pared, se habría tenido que sentar en el suelo.

–Tienes razón. No es el lugar adecuado –dijo él–. Ni el momento.

Danilo pensó que se había equivocado radicalmente de estrategia al intentar mantener las distancias con Tess. Era como impedir el incendio de un bosque con un simple cubo de agua. Si quería sobrevivir, tenía que dar tiempo al tiempo y esperar a que el fuego se extinguiera por sí mismo, cuando ya no tuviera nada que quemar. Pero debía ser paciente.

En cuanto a Tess, se sentía tan avergonzada como liberada. Avergonzada, porque se había dejado dominar por los temores que la acompañaban desde la adolescencia, cuando el novio de su madre intentó abusar de ella; y liberada, porque había iniciado el proceso que rompería sus cadenas: perder la virginidad.

Iba a hacer el amor con el hombre más sexy del mundo. Y, si al final le rompía el corazón, que se lo rompiera.

Lo demás carecía de importancia.

—Muy bien, estoy dispuesto a esperar —continuó Danilo—. Pero deja de mirarme con ojos hambrientos; porque, si insistes, no me podré controlar.

Danilo respiró hondo y se pasó una mano por el pelo. Estaba claramente alterado, aunque se tranquilizó con tanta rapidez que volvió a ser el de siempre al cabo de unos segundos. Si alguien los hubiera visto, habría llegado a la conclusión de que se habían cruzado por casualidad y no habían hecho nada más íntimo que darse los buenos días.

Capítulo 9

BUENO, ¿qué te parece?

Tess parpadeó.

—¿A qué te refieres?

—¿No has oído nada de lo que he dicho? —preguntó Natalia.

—Yo...

—Hoy estás muy rara —comentó con desconfianza—. No dejas de sonreír.

—¿En serio?

—¿Es por el tipo que se te acercó en el bar? Vi que te daba su número de teléfono. Y te envidié, porque está como un tren.

Tess, que había olvidado el suceso, sonrió y adoptó un aire misterioso.

—Puede ser —contestó.

Evidentemente, Tess no le podía confesar que no estaba tan contenta por un hombre del que ni siquiera se acordaba, sino porque Danilo la había besado. Y, al pensar en él, frunció el ceño con cierta preocupación.

¿Había hecho bien al interrumpir su encuentro amoroso?

Como había dicho el propio Danilo, no eran ni el

momento ni el lugar adecuados. Pero, ¿cuándo lo serían?

Al darse cuenta de lo que estaba pensando, respiró hondo y volvió a mirar a la joven, que había retomado su alegre parloteo. Y, una vez más, no entendió nada de lo que decía. Su cabeza estaba en otra parte, fantaseando con el hermano de Nat.

¿Por qué no le había sacado una hora y un sitio concretos?

Tess se arrepintió de no haber sido más directa, y se arrepintió mucho más con el transcurso de las horas, porque empezaba a tener la sensación de que sus fantasías sexuales se iban a quedar en eso, en simples fantasías.

Danilo no estaba en el palazzo cuando volvieron por la tarde, y tampoco se presentó a una cena que resultó una pesadilla para ella. Franco se puso a bromear sobre la ausencia de Danilo, y dijo que sus compromisos laborales se reducían a alguna rubia de metro ochenta con tacones de aguja, lo cual condenó a Tess a un ataque de celos. De hecho, se negó a ver una película de Hitchcock porque no soportaba la idea de ver a una rubia seductora.

Se sentía completamente idiota. Por fin, después de muchas dudas, había decidido hacer el amor con un hombre. Y ahora resultaba que ese hombre había perdido el interés y se había marchado con otra.

Cuando terminaron de cenar, Tess se retiró a su suite y abrió el grifo de la enorme bañera con intención de relajarse un rato.

Momentos más tarde, llamaron a la puerta.

—¡Espera un momento! —gritó.

Tess cerró el grifo por miedo a que el agua se saliera, se filtrara por las baldosas y destrozara algún fresco del piso inferior. Luego, salió del cuarto de baño y abrió la puerta pensando que sería alguna de las doncellas del palazzo, pero se encontró ante Danilo.

Su corazón se aceleró al instante. Era una locura, pero habría hecho el amor con él donde fuera y como fuera.

Danilo le ofreció una mano, que ella aceptó. Y, a continuación, se la llevó de la suite.

—¿Adónde vamos? —preguntó.

—A un lugar donde podremos estar a solas.

—¿Y qué lugar es ese?

—Mi habitación, por supuesto.

Las estancias de Danilo estaban en el ala norte del palacio. Tess sentía curiosidad por ellas, porque no las había visto nunca; pero, cuando entraron, no tuvo el menor deseo de estudiar la decoración.

Danilo era la única obra de arte que le interesaba, así que se dejó llevar y admiró la inclinación de su cabeza, la recta línea de su espalda y la fuerte musculatura de sus piernas, embutidas en unos elegantes pantalones de lino. Hasta que el clic de la llave de la puerta rompió su concentración.

Había echado el cerrojo, y eso solo podía significar una cosa: que había llegado el momento esperado, que iban a hacer el amor.

Entonces, él le soltó la mano y le puso la llave en la palma.

–¿Y esto? –preguntó, confundida.

–Es para ti, por si cambias de opinión y quieres irte.

Tess tragó saliva, pero sacudió la cabeza y le devolvió la llave, entre emocionada por el gesto y asustada.

–No la necesito –dijo–. Estoy donde quiero estar.

–¿Seguro?

Ella asintió.

–Seguro.

Danilo devolvió la llave a la cerradura y clavó la vista en los ojos ámbar de Tess, que se estremeció de deseo cuando él se apartó lo justo para empezar a desabrocharse los botones de la camisa.

Tess no tuvo la valentía necesaria para contemplar la escena, aunque le habría encantado. Sin embargo, su timidez se desvaneció en el preciso instante en que Danilo desabrochó el último botón y se abrió ligeramente la prenda, revelando una sección de su ancho pecho y su liso estómago, cuyo vello desaparecía bajo los pantalones.

Excitada, se humedeció los labios con la lengua.

–Ahora te toca a ti –dijo él.

Tess tardó unos segundos en comprender las implicaciones de lo que le había pedido, porque el deseo no la dejaba pensar con claridad. Y, cuando por fin lo comprendió, tuvo miedo. Pero lo deseaba tanto como él, de modo que aceptó el desafío.

Echó los hombros hacia atrás, alzó la barbilla y caminó hacia él lentamente, hasta que casi pudo sentir el calor de su cuerpo. Entonces, se detuvo y le dio la espalda. Podía oír la respiración acelerada de Danilo, apenas más ruidosa que los latidos de su propio corazón; una respiración que se entrecortó brevemente cuando ella se llevó las manos al pelo y se lo apartó del cuello, invitándolo.

Danilo bajó la cremallera del vestido de seda que llevaba. El suave contacto de sus dedos le arrancó un escalofrío de placer que la dejó sin aire un momento, hasta que encontró las fuerzas necesarias para darse la vuelta.

Él la miró a los ojos. Y solo bajó la vista cuando el vestido cayó al suelo.

—*Che Dio mi aiuti...* —le oyó decir.

Danilo pensó que no había visto nada tan perfecto en toda su vida. Era increíblemente hermosa. Se había quedado sin más ropa que los zapatos de tacón, unas braguitas minúsculas y un sostén consistente en dos triángulos de una tela traslúcida que no solo dejaba ver los pezones, sino también las oscuras areolas. Le gustaba tanto que no apartó la vista de su cuerpo hasta que ella dio un paso adelante.

Al sentirla, le puso las manos en el talle y la besó apasionadamente durante unos minutos interminables. Tess tenía la sensación de que se estaba derritiendo por dentro y, cuando ya no pudo más, saltó lo justo para cerrar las piernas alrededor de su cintura.

—Esto me encanta —le confesó ella—. Me gusta mucho.

La sincera y descarada afirmación de Tess arrancó un gemido primario a Danilo, que la miró con fascinación y dijo:

–*Madre di Dio, cara...* Nunca había conocido a una mujer como tú.

–Ni yo a un hombre como tú –replicó–. Eres perfecto.

–Y lo nuestro será perfecto.

Él la besó de nuevo, y ella entreabrió la boca sin resistencia alguna, para dar la bienvenida a la intrusión de su lengua.

Estuvieron así hasta que las piernas de Danilo entraron en contacto con la cama, momento en el cual se detuvo y la miró a los ojos. Tess era la viva imagen de la tentación. La encontraba tan deseable que casi no podía respirar, y provocaba en él una mezcla de ternura y pasión tan contradictoria como ella misma.

De repente, todas sus emociones se concentraron en una sola: la necesidad de poseerla; una necesidad incomparablemente más intensa y oscura que cualquiera de las que había sentido hasta entonces. Quería estar dentro de ella. Tenía que estar dentro de ella. Y justo cuando ella estaba a punto de protestar por la detención de sus besos, Danilo se arrodilló y le empezó a quitar los zapatos.

Cuando terminó, llevó las manos a sus piernas y se las acarició con una delicadeza que llevó a Tess al borde de la desesperación. Aquello era una tortura. Ya no soportaba la tensión sexual que había acumulado

–Oh, por favor...

Danilo interpretó bien su ruego. Sabía lo que le estaba pidiendo, y lo deseaba tanto como ella. Pero, en lugar de concedérselo, la tumbó en la cama y le dedicó una mirada tensa y feroz que casi se quedó grabada en sus retinas.

Tess echó la cabeza hacia atrás, como si el deseo le hubiera robado sus fuerzas y no pudiera hacer nada salvo dejarse llevar. Ahora estaba a su merced. Y se alegraba de estarlo. Solo faltaba que él diera el último y definitivo paso.

Danilo no pretendía que las cosas llegaran tan lejos. No quería perder el control. Sin embargo, su fuerza de voluntad se había rendido ante aquellos labios irresistibles que la empujaban a besarla una y otra vez.

Mientras la besaba, pronunciaba frases en italiano que ella no entendía, aunque eso carecía de importancia. Se comunicaban de otra manera: con los ojos, con las manos, con la boca, con el contacto de sus cuerpos. Y lo que se decían así era enormemente más relevante que lo que se hubieran podido decir con palabras.

—Tu piel es tan suave...

Danilo le acarició los pechos, y ella rompió su inmovilidad para llevar las manos a los duros músculos de su espalda, donde no había ni un gramo de grasa.

—No puedo creer lo que está pasando. Eres increíble.

Tess pensó que había llegado el momento, y que por fin iban a hacer el amor. Pero él abandonó sus pechos como si hubiera cambiado de opinión.

Desesperada, se sentó en la cama y rogó:

–Danilo...

–¡No!

Su tono brusco la dejó atónita. No podía imaginar que Danilo estaba tan sorprendido como ella, porque era dolorosamente consciente de que, si se hubiera tratado de otra mujer, no se habría andado con remilgos. La habría tomado en ese mismo instante, sin permitir que ninguna duda se interpusiera en su camino.

–Yo no hago estas cosas –dijo, soltando un largo y profundo suspiro.

En otras circunstancias, Tess se habría sentido insultada. Sin embargo, Danilo estaba tan tenso y la miraba con tanto deseo que no tuvo ni la oportunidad de sentirse así. Cualquiera se habría dado cuenta de que no se había apartado porque no quisiera hacerle el amor, sino por un motivo distinto. De hecho, respiraba con dificultades, como si hubiera estado corriendo un buen rato.

–¿A qué te refieres? ¿Al sexo? –replicó ella.

–No. Me refiero a traer mis asuntos personales a esta casa.

–Asuntos sexuales, querrás decir –puntualizó.

Él asintió.

–No te quiero engañar, Tess. Si seguimos adelante, si dejamos que esto nos domine y...

–Dímelo de una vez –lo interrumpió–. No te andes con rodeos.

–Hacer el amor no nos convertirá en pareja –declaró él–. No tengo tiempo para mantener una relación con nadie.

Tess frunció el ceño. Había tomado la decisión

de perder la virginidad con él y, si no hacía algo, seguiría virgen al final de la noche.

—Pero tienes tiempo para el sexo, ¿verdad?

—Por Dios, Tess, me lo estás poniendo muy difícil —protestó.

—¿Difícil? Esto no es difícil. Esto es lo más fácil del mundo —alegó—. Sé que no buscas una relación seria, y también sé que te asusta la posibilidad de que tu familia se entere de que nos acostamos. Pero te estás preocupando por nada, Danilo. Lo que hagamos en esta habitación se quedará en esta habitación. Cuando estemos fuera, nos comportaremos como siempre.

—Mira, Tess...

—¿Qué hay que mirar? Te acabo de decir que no hay ningún problema. Y, además, te recuerdo que me marcharé dentro de tres semanas. Por eso hablo tan deprisa, porque no quiero perder el tiempo.

El comentario de Tess arrancó una carcajada a Danilo.

—Sin embargo, ya que me has abierto tu corazón y has expresado tus inquietudes, es justo que te pague con la misma moneda —continuó ella—. Hay algo que deberías saber. Algo que quizá te sorprenda.

—¿De qué se trata? —dijo él, sentándose en la cama—. ¿De que naciste hombre y te cambiaste de sexo?

—No, no es tan emocionante. Solo se trata de que soy virgen.

—Deja de tomarme el pelo.

—No estoy bromeando.

Danilo se puso serio al instante.

—¿Eres virgen? ¿Tú?

—Me temo que sí —contestó—. Hace unos años, pasó algo que me dejó marcada. Y, cada vez que estaba a punto de acostarme con un hombre, se interponía en mi camino y lo impedía.

—¿Qué pasó?

—Eso no importa. Lo único que importa es que estoy decidida a afrontar mis temores.

—Claro que importa, Tess.

Ella respiró hondo y le contó toda la historia, con todo lujo de detalles. Danilo guardó silencio y la escuchó con atención hasta que terminó de hablar y lo dejó atrapado entre la indignación y la necesidad de protegerla.

—¿Qué dijo tu madre cuando se lo contaste?

—Mi madre no lo sabe.

—¿Que no lo sabe? ¿Por qué? —preguntó, perplejo.

—Porque su novio se fue y no volvió. Si se lo hubiera dicho, no habría servido de nada. Solo habría conseguido que se sintiera culpable.

—Pero se lo dirías a alguien...

—No, a nadie. Tú eres el único que lo sabe —le confesó—. Y, aunque al principio no me pareció importante, se convirtió en un problema con el paso de los años y complicó mis relaciones amorosas.

Danilo sacudió la cabeza. ¿Cómo era posible que se lo tomara con tanta tranquilidad? Habían intentado abusar de ella.

—¡Es indignante! ¡Ese hombre debería estar en prisión! —exclamó—. Si le pudiera poner las manos encima, lo mataría.

—Olvídalo. Es agua pasada.

—Hay algo que no entiendo, Tess. ¿Por qué has decidido contar tu secreto? ¿Por qué ahora? ¿Y por qué a mí?

Tess se encogió de hombros.

—No lo sé. Supongo que te lo he contado porque me siento segura cuando estoy contigo y porque...

—¿Sí?

—Porque, en cierto modo, me tranquiliza que solo quieras una relación sexual. Facilita las cosas. Hace que parezcan más naturales.

Tess se pasó la lengua por los labios, que se le habían quedado secos. Danilo la alcanzó entonces, la tumbó en la cama y la besó.

—¿No te importa que sea virgen? —prosiguió ella.

Él bajó la cabeza sobre uno de sus senos y le succionó el pezón, arrancándole un gemido.

—Bueno, es una responsabilidad, pero solo será un problema si permitimos que lo sea —respondió—. Quiero que esta noche sea especial para ti.

Ella gimió y le metió una mano por debajo de la camisa, que aún llevaba puesta. Danilo se la quitó a toda prisa y, en cuestión de segundos, empujados por la urgencia de su excitación, se quedaron completamente desnudos.

Tess admiró su cuerpo y deseó explorar hasta el último centímetro de su piel. Estaba cansada de esperar, así que le dio un beso en el pecho, bajó las manos por la lisa y musculada superficie de su estómago y, sin permitir que sus temores se lo impidieran, cerró los dedos sobre el duro sexo de Danilo, que apretó los dientes.

–Tiene que ser ahora, *cara*.

Ruborizada, Tess asintió y entrecerró los ojos mientras él se disponía a penetrarla. Luego, respiró hondo y soltó un largo suspiro de satisfacción cuando entró por fin en ella, tan implacable como dulce.

Durante los momentos siguientes, fue más consciente de sí misma que nunca. Pero también fue más consciente de él, y no solo de la parte que estaba en su interior. Era como si se hubieran fundido y no pudiera saber dónde empezaba uno y acababa otro. Solo existía el placer, el movimiento de sus cuerpos, la magia de una unión que se mantuvo hasta el final, porque alcanzaron el orgasmo al mismo tiempo.

Tras unos instantes de abandono, Tess volvió a la realidad y abrió los ojos. Danilo la estaba mirando con una mezcla de afecto y preocupación.

–¿Te encuentras bien? No te he hecho daño, ¿verdad?

–¿Que si me encuentro bien? Nunca me había encontrado tan bien –contestó con una sonrisa–. Me pregunto si todos los ególatras serán tan buenos amantes como tú.

Danilo no tuvo ocasión de contestar, porque Tess volvió a cerrar los ojos y se quedó tranquilamente dormida.

Capítulo 10

TE HAS divertido esta noche?

–Ha sido el mejor cumpleaños de mi vida –respondió Natalia, antes de que se le escapara un bostezo–. Oh, lo siento...

–Pareces cansada.

–Sí, puede que lo esté un poco, pero no tiene importancia.

–Por supuesto que la tiene –dijo Danilo–. Será mejor que te acuestes.

–No me puedo acostar todavía –replicó su hermana–. Tengo que dar las gracias a la gente, despedirme de ellos y...

Danilo le dio un beso en la frente.

–Yo me despediré en tu nombre. Anda, acuéstate de una vez.

–¿Estás seguro?

–Lo estoy. Considéralo parte de tu regalo.

Natalia guardó silencio durante un par de segundos y dijo, cambiando de conversación:

–Tess estaba preciosa, ¿verdad?

Danilo frunció el ceño. La conocía muy bien, y desconfió al instante.

–¿Adónde quieres llegar?

–A que lleva cinco semanas con nosotros, lo

cual significa que se irá la semana que viene –le recordó.

Él no necesitaba que se lo recordara. Lo sabía de sobra.

–Sí, soy consciente de ello.

–¿No puedes hacer algo para que se quede? La voy a extrañar mucho.

Danilo apretó los dientes.

–¿Y qué quieres que haga? ¿Que la rapte?

Nat no contestó.

–Supongo que podrías ir a verla –continuó él–. Londres no está tan lejos.

Ella soltó un suspiró.

–Sí, supongo que podría. Pero no sería lo mismo.

Una hora después, Danilo acompañó a los últimos invitados al helipuerto del palazzo. Y, cuando llegó el momento de las despedidas, obtuvo un premio que no esperaba.

Entre los invitados a la fiesta había un empresario con el que intentaba llegar a un acuerdo de carácter mercantil. Por la marcha de las negociaciones, Danilo suponía que pasarían varias semanas antes de que cerraran el trato; pero, al estrecharle la mano, el hombre le dijo que podía darlo por hecho.

La velada había sido un éxito en todos los sentidos.

Por fin, el helicóptero despegó y dejó a Danilo a solas con su jefe de seguridad, que se acercó a él.

–¿Hay algún problema?

–No, señor –respondió el exmilitar, que llevaba

un traje impecable–. Solo le quiero informar de que vamos a echar otro vistazo antes de retirarnos.

–Me parece muy bien. Y felicidades. Han hecho un gran trabajo.

Su jefe de seguridad le dio las buenas noches y se fue en dirección opuesta. Danilo se soltó la corbata y pensó que él también se iba a retirar, aunque sus intenciones no pasaran precisamente por dormir.

Entró en el palazzo por uno de los patios, donde los empleados se afanaban en retirar las copas, los platos y las botellas de champán que estaban en las mesas. Luego, saludó a los músicos que recogían sus instrumentos en el salón de baile y siguió su camino, pensando en la mujer de sus sueños.

La fiesta había tenido algunos momentos frustrantes. Si hubiera hecho lo que le apetecía, no se habría separado de Tess; pero no podía estar constantemente con ella, porque los invitados se habrían dado cuenta de que mantenían algún tipo de relación amorosa,. Sin embargo, el corazón se le encogía cada vez que Tess bailaba con otro hombre y, al final, no tuvo más remedio que afrontar lo evidente: que estaba celoso.

Se había engañado a sí mismo al fingir que no le importaba lo que hiciera. La quería con él, debajo de él, encima de él, a su lado. La deseaba con locura, y particularmente aquella noche, porque estaba preciosa con el vestido verde que había elegido. Pero, ¿no quería nada más? ¿Solo quería su cuerpo?

Danilo no supo qué pensar. Toda su vida giraba

alrededor de Natalia desde el accidente que la había dejado en una silla de ruedas. Y no había sido una decisión completamente altruista por su parte. Le ofrecía la posibilidad de expiar lo que él considerara un pecado, y de expiarlo mediante el sufrimiento, aunque fuera consciente de que nunca llegaría a sufrir tanto como su pobre hermana.

Desde luego, su sacrificio no incluía la abstinencia sexual; a fin de cuentas, necesitaba una válvula de escape para soportar una vida llena de obligaciones. Pero hasta el sexo hacía que se sintiera culpable, porque lo dejaba con la sensación de que su supuesta nobleza no era más que una mentira moralmente útil: una forma de dejar de verse a sí mismo como un canalla egoísta y sin escrúpulos.

Por desgracia, Tess no se parecía nada a las mujeres con las que se había acostado hasta entonces. Le gustaba demasiado, y siempre había sido consciente de que eso podía complicar las cosas. Pero se sentía a salvo porque sabía que volvería a Inglaterra en algún momento y que el problema desaparecería con su ausencia.

Y no estaba a salvo. No lo estaba en absoluto.

Mientras rememoraba la fiesta de cumpleaños de Nat, cayó en la cuenta de que Tess se habría llevado una impresión tan lamentable como falsa. La había tratado con frialdad, como si se avergonzara de ella. No se había molestado ni en presentarle a sus amigos. Pero, como tantas veces, las apariencias engañaban: no sentía vergüenza de ella, sino de sí mismo.

¿Se habría enamorado de Tess Jones?

Danilo se puso tan nervioso que estuvo a punto de chocar con un camarero que llevaba una bandeja. Y, al detenerse allí, en mitad del confeti y los desperdicios de la velada, vio que Tess estaba con el pianista, un joven de ojos azules que había tenido una cohorte de admiradoras durante toda la noche.

Celoso, cruzó la sala en cuestión de segundos, pasó un brazo alrededor de la cintura de su amante y se la llevó.

—Te estaba buscando.

—Pues estaba aquí —respondió—. ¿Se han ido todos?

Danilo la miró a los ojos y supo que estaba dolida con él, aunque intentara disimularlo. Tal como imaginaba, había notado su frialdad y la había malinterpretado. Pero aún podía arreglar las cosas.

—No todos —dijo—. Nosotros seguimos aquí, *cara*. Y acabo de darme cuenta de que no hemos bailado juntos ni una sola vez.

Danilo hizo un gesto al pianista, que asintió y empezó a tocar. Luego, se giró hacia ella y preguntó:

—¿Me concedes este baile?

Ella dudó y retrocedió un poco.

—¿Te pasa algo?

Tess no lo dijo, pero pensó que le pasaban muchas cosas, empezando por el hecho de que se había enamorado de él y de que sentía completamente estúpida, porque Danilo se había comportado como si no sintiera ningún afecto por ella.

—No, no me pasa nada —mintió, intentando mantener el aplomo—. Es que bailo muy mal, y no querría pisar tus elegantes zapatos.

–Písame tanto como quieras. Será un precio barato a cambio de disfrutar de tu compañía –le susurró al oído.

La combinación del romántico comentario y el aliento de Danilo en la oreja le arrancó un estremecimiento de placer. Tess apoyó la cara en su pecho, cerró los ojos y se dejó llevar. Segundos más tarde, tenía la sensación de que el mundo se había desvanecido y de que solo quedaban ellos.

Fue un momento perfecto, hasta para los empleados que limpiaban el palacio. El joven pianista era un virtuoso que estaba destinado a ser un intérprete de talla internacional, y todos dejaron momentáneamente sus labores para acercarse a él y disfrutar de su talento mientras Danilo y Tess daban vueltas y más vueltas por la sala.

Al cabo de unos minutos, Tess dijo:

–Ya no está tocando.

–Lo sé.

–La gente nos mira.

–Pues que nos mire.

Tess no protestó más. Se habían quedado sin música, pero la seguía oyendo en su imaginación, y se preguntó si él también la oía.

De repente, Danilo la llevó al patio exterior y se detuvo. El lugar estaba completamente desierto. Los criados se habían llevado las mesas, y todo se había sumido en un silencio de formas bañadas por la luz de la luna.

–Me temo que debo dejarte unos minutos –dijo él–. Nat tenía jaqueca, y quiero saber si está mejor. Pero después...

Ella tragó saliva. Obviamente, Danilo le quería ofrecer una última noche, una noche que recordara para siempre. Y se emocionó tanto que estuvo a punto de romper a llorar.

—No te preocupes. Te estaré esperando.

Danilo se inclinó y le dio un beso que pretendía ser leve y se convirtió en un estallido de pasión. A Tess se le doblaron las piernas, y tuvo que aferrarse a él para guardar el equilibrio cuando se apartaron.

—No tardes mucho —le rogó.

Él sacudió la cabeza.

—No tardaré —dijo—. Pero hazme un favor: no te quites el vestido.

—¿Por qué? —preguntó, sorprendida.

—Porque quiero quitártelo yo.

Danilo dio media vuelta y se dirigió a uno de los ascensores para subir a la planta donde estaba la suite de Nat. Y justo entonces, sonó el teléfono.

Era de la consulta de Londres.

—Oh, lo siento, no me había dado cuenta de la hora que es —dijo el hombre que estaba al otro lado del aparato—. Si lo prefiere, puedo llamarlo mañana.

—No se preocupe. ¿Qué ocurre?

—Me han dicho que su hermana ha cancelado la cita que teníamos, y no sé qué quiere hacer. ¿Tiene intención de venir más adelante?

Danilo se quedó atónito.

—¿Cómo? ¿Que mi hermana ha cancelado la cita?

El hombre carraspeó.

—Pensé que estaba informado —dijo, claramente incómodo—. Pero, de todas formas, no es urgente. Hablaré con ella mañana por la mañana. Le he llamado a usted porque no contesta al teléfono... En fin, disculpe la molestia.

Danilo se despidió y se guardó el móvil en el bolsillo.

¿Cómo era posible que Natalia hubiera cancelado su cita? De hecho, ¿cómo era posible que hubiera pedido una cita sin decírselo a él?

Sacudió la cabeza y se dijo que era culpa suya, por no haberle prestado la atención debida. Durante las dos semanas anteriores no había hecho otra cosa que pensar en Tess y hacer el amor con Tess.

Pero eso se iba a acabar. Y daba igual si se había enamorado o no se había enamorado de ella. Era una duda irrelevante, porque no se podía permitir el lujo de enamorarse. Natalia lo necesitaba y, por otro lado, Tess merecía estar con un hombre que le pudiera dar más de lo que él estaba dispuesto a ofrecer.

Entró en el ascensor y respiró hondo, preparándose para lo que le esperaba. Por lo visto, la noche estaba lejos de haber terminado.

Tess pidió que le subieran una botella de champán y una cubitera con hielo, para mantenerlo frío. Sin embargo, él incumplió su promesa de volver pronto y, cuando por fin llegó a la habitación, el hielo se había derretido.

Danilo, que generalmente entraba con el sigilo de un tigre, pegó un portazo; y Tess, que se había sentado en la cama, no necesitó mirarlo a los ojos para saber que estaba de mal humor. Pero no era un enfado normal. Se había puesto rojo de ira, y toda su furia parecía concentrada en el mismo objetivo: ella.

Tess apretó los labios, preguntándose qué habría pasado para que estuviera así, y se llevó una sorpresa cuando él pronunció unas palabras que no sonaron subidas de tono, sino letalmente suaves.

—¿Qué estamos celebrando?

Danilo se acercó a la cubitera, sacó la botella y la abrió con tan poco cuidado que se salió casi todo el contenido, dejando lo suficiente para un par de copas. Luego, sirvió lo que quedaba y propuso un brindis.

—Por las mentiras y los mentirosos de todo el mundo. Y, muy especialmente, por los mentirosos a los que amamos.

Tess optó por no beber. Estaba tan tensa que le dolía el estómago.

—¿Qué ha pasado? —se interesó.

—Bueno, ya sabes, la historia de siempre.

—No te entiendo.

—Mi hermana ha cancelado una cita con el médico de la que yo ni siquiera tenía noticia. Y, cuando he subido a hablar con ella, la he encontrado en compañía de su novio.

—Oh, no —dijo ella—. Lo siento mucho.

Danilo la miró con cara de pocos amigos. Se había dejado engañar una vez, pero no iba a tropezar en la misma piedra.

—No te hagas la tonta, Tess. Tú lo sabías.

—No, no lo sabía... Bueno, no sabía lo del médico, pero es cierto que estaba informada de lo de

Marco —le confesó—. Nat lo quiere mucho, y creo que él también la quiere. Además, ¿qué tiene de malo? Ya es toda una mujer. Está en su derecho de cometer sus propios errores.

—Eso es fácil de decir para una persona que no tendrá que recoger los restos de esos errores —replicó Danilo—. No sabes lo que has hecho.

Tess alzó la barbilla, orgullosa.

—¡Yo no tengo la culpa de lo que haga Natalia! —protestó—. ¡Empiezo a estar harta de que la pagues conmigo cada vez que pasa algo malo!

Danilo se puso tan furioso que apretó demasiado la copa y estalló.

—¡Dios mío! ¡Estás sangrando! Deja que...

Él apartó la mano.

—¡Olvídalo! —bramó.

Tess se encogió de hombros.

—¡Muy bien! ¡Desángrate si quieres! —exclamó, ofendida—. Pero, ¿por qué te molesta que tu hermana tenga novio? Y no me digas que se trata de Marco, porque te comportarías de la misma forma si fuera otro. ¿Ni siquiera has considerado la posibilidad de que el afecto de ese chico sea sincero?

—Nat está en una silla de ruedas.

—¿Y qué? Puede que a Marco no le importe. Puede que sepa ver en ella lo que tú no ves —le acusó—. Crees que la estás protegiendo, pero no es verdad. La estás...

Ella no terminó la frase.

—¿Qué ibas a decir, Tess?

Tess suspiró y dijo:

—Que la estás ahogando.

—¿Ahogarla? ¿Yo? —dijo, confundido—. Solo quiero que vuelva a caminar.

—¿Y qué pasará si no lo consigue?

Danilo la miró con horror.

—No me digas que le has estado llenando la cabeza de ideas derrotistas.

—No podría aunque quisiera, y no quiero. Natalia es la persona menos derrotista que he conocido en mi vida. Es una chica fuerte y llena de coraje; una chica tan obstinada como tú, que no se deja influir por nadie.

—¿Desde cuándo lo sabes?

—¿Lo de Marco? ¿Qué importancia tiene eso?

—Toda la del mundo, teniendo en cuenta que te has estado divirtiendo a mi costa.

Tess parpadeó.

—Eso es terriblemente injusto, Danilo. No me he estado divirtiendo. Hablas como si fueras víctima de una confabulación, pero te aseguro que no tengo nada que ver en el asunto. Lo descubrí por pura casualidad, cuando...

—Sabías que yo estaba en contra —la interrumpió.

—¿Y qué podía hacer?

—Decírmelo. Nat es responsabilidad mía, y tengo la obligación de protegerla. Es lo mínimo que puedo hacer. Al fin y al cabo, está en esa silla por mi culpa.

Tess se quedó boquiabierta.

—¿Por tu culpa? Fue un accidente de tráfico, Danilo. Y tú no estabas allí.

—No, claro que no. Estaba en la cama, con una mujer.

Ella suspiró.

—Oh, Dios mío... Ahora lo entiendo todo.

—Había quedado en reunirme con ellos, pero me hicieron una oferta más interesante y la acepté. —Danilo soltó una carcajada amarga—. Si hubiera estado con mi familia, habría conducido yo. Y quién sabe, puede que los hubiera salvado... Yo era mucho más joven que mi padre, y mis reflejos también lo eran.

Tess guardó silencio, súbitamente emocionada. Él se pasó una mano por el pelo y la miró a los ojos.

—Rompí una promesa por acostarme con una mujer cuyo nombre ni siquiera recuerdo. Pero no volveré a cometer el mismo error. Le prometí a Natalia que volvería a caminar, y puedes estar segura de que nada ni nadie impedirá que camine.

Tess se levantó de la cama y caminó hacia él, descalza. Aún llevaba el vestido de seda verde y, al ver que una de las tiras se le había bajado, Danilo apartó la vista de sus ojos y la clavó en su hombro.

—Así que no se trata de Natalia, sino de ti, de tu sentimiento de culpabilidad y de tu búsqueda de la redención —afirmó ella—. Pero no es justo que te sientas culpable. Fue un accidente, algo completamente fortuito. Si hubieras estado en ese coche, podrías haber terminado como tu hermana, en una silla de ruedas. O peor aún.

—No hay nada peor —sentenció, sombrío.

Tess sacudió la cabeza y empezó a recoger sus cosas.

—¿Qué diablos estás haciendo? —preguntó Danilo.

—El equipaje —contestó—. Me voy. ¿Y sabes por qué? Porque estoy harta de que me culpes de todas las cosas malas que pasan en tu vida y de que solo te preocupen tus sentimientos y necesidades. Puede que nos llevemos bien en la cama, pero no merece la pena.

—Yo no te culpo de todas las cosas malas que me pasan. Solo te culpo de haber apoyado la relación de Nat con ese chico —replicó, apretando los puños—. No eres tonta. Sabes que mi hermana está en una situación muy vulnerable y, a pesar de ello, la has animado a rebelarse contra mí porque te encanta meterte en los asuntos de los demás. Si no hubieras intervenido, no estarían juntos.

—Discúlpame, pero estaban juntos antes de que yo apareciera.

Danilo hizo caso omiso de su comentario, como si careciera de importancia.

—Sabías que la quería lejos de Marco.

—Sí, pero las cosas no salen siempre como queremos.

Tess cerró la maleta con un movimiento brusco, y él preguntó:

—¿Te vas a marchar con ese vestido?

Ella se lo quitó sin decir una sola palabra, y él se sintió tan incómodo que le dio la espalda y se cruzó de brazos.

—Dime una cosa, Danilo... ¿Hay alguien que esté a la altura de tus expectativas?

Él se giró y la miró. Tess se había puesto una camiseta y estaba en el proceso de ponerse unos vaqueros.

–No –contestó él, desafiante–. Nunca he conocido a nadie que lo esté.

–Eres un maldito canalla.

Tess alcanzó la maleta y se dirigió a la salida. Danilo no intentó detenerla.

Capítulo 11

CUANDO Tess llegó a Londres, se subió a un taxi y se dirigió directamente a su piso. Por primera vez en su vida, no se había asustado durante el despegue ni durante el aterrizaje del avión. Se sentía extrañamente desconectada de todo, y no volvió a la normalidad hasta que entró en su domicilio y cerró la puerta.

Pero no fue una normalidad precisamente alegre. Un segundo después, se sentó en el suelo y rompió a llorar.

No supo cuánto tiempo estuvo así; solo supo que, cuando se tranquilizó, se encontraba tan débil que no se pudo levantar. Al final, se quedó dormida y se despertó en mitad de la noche, momento en el cual se incorporó y, tras tropezar con la maleta, se fue al dormitorio, se metió en la cama y se quedó dormida otra vez.

Esa fue la tónica de las cuarenta y ocho horas siguientes: se despertaba, lloraba un rato y se volvía a dormir. Pero, al tercer día, se miró en el espejo y se preguntó qué demonios estaba haciendo, además de portarse como una estúpida.

Tenía veintiséis años, y toda una vida por delante. Además, la mayoría de las personas que conocía se habían enamorado más de una vez y habían terminado más de una vez con el corazón roto. No se podía decir que su angustia fuera especial; pero estaba convencida de que Danilo lo era, y también lo estaba de que no lo olvidaría nunca.

En realidad, la tristeza de Tess no se debía tanto a la ruptura de su relación como al modo en que se había producido. Danilo le había ofrecido un acuerdo puramente sexual, una especie de vacaciones emocionales, y ella lo había aceptado a sabiendas de que no terminaría como los cuentos románticos. Pero no soportaba la idea de que la odiara.

Los días posteriores fueron tan grises como los primeros, aunque no tan dramáticos. Había recuperado el apetito, y hasta se atrevió a ir al supermercado para rellenar la despensa, que estaba vacía. A veces, se despertaba de madrugada y ansiaba el contacto de Danilo de un modo casi doloroso. Luego, se preguntaba si volvería a ser la de antes, y se maldecía en silencio por sentir lástima de sí misma.

Al cabo de una semana, encontró las fuerzas necesarias para llamar a Fiona sin derrumbarse al oír su voz. Por supuesto, su amiga se interesó por lo ocurrido y, media hora más tarde, se presentó en la casa con una botella de vino y una caja de bombones de chocolate.

—Son para emborracharnos y engordar —dijo en tono de broma.

Tess agradeció el detalle y su compañía, que la sacó de la tristeza durante unas cuantas horas. Fiona le hizo ver que el mal de amores no era eterno, y que volvería caminar sin esa angustia que le atenazaba el pecho.

Al día siguiente, llamó a su madre. Tess esperaba que le diera un sermón sobre la firmeza y la independencia emocional, pero Beth la sorprendió por completo; se mostró increíblemente comprensiva y, por si eso fuera poco, hizo lo mismo que Fiona: presentarse en su casa con intención de animarla.

Sin embargo, la receta de su madre no fue de bombones y botellas de vino, sino de panfletos políticos. A Tess le pareció de lo más gracioso, y soltó una carcajada cuando Beth insinuó que repartir panfletos podía ser terapéutico.

Y, a decir verdad, lo fue.

Tess se alegró mucho cuando empezó el trimestre escolar. El simple hecho de entrar en una clase y ver las caras alegres de los niños bastó para devolverle la esperanza. A fin de cuentas, tenía un trabajo que le gustaba, un trabajo satisfactorio y lleno de desafíos. No iba a llorar en una esquina porque la vida se hubiera portado mal con ella o porque le hubiera quitado algo que nunca había llegado a tener.

Como todos los años, la vuelta a las clases fue bastante dura. Era una profesión agotadora, así que no dio importancia al hecho de que estuviera cansada. Pero, al lunes de la semana siguiente, sufrió un mareo tan intenso a última hora de la mañana que se tuvo que sentar con la cabeza entre las piernas.

Al ver lo que pasaba, una de sus compañeras llamó a una ambulancia. Tess se recuperó antes de que llegara, pero el director del colegio se empeñó en que fuera al médico, y no se lo pudo discutir.

Avergonzada por lo sucedido, se subió al coche y se fue al ambulatorio, donde le hicieron varias pruebas y le dieron una noticia que la dejó absolutamente atónita: que estaba embarazada. De hecho, estaba tan fuera de sí que, cuando salió del edificio, se puso a caminar como un alma en pena hasta que se dio cuenta de que había olvidado el coche en el aparcamiento.

Como ya no estaba lejos de casa, decidió recoger el vehículo a la mañana siguiente y seguir andando. Estaba mareada otra vez. Y fue precisamente su mareo lo que impidió que reconociera a la joven que se le acercó en el portal, cuando se disponía a sacar las llaves.

—¿Te ocurre algo, Tess?

Tess parpadeó, perpleja. La joven en cuestión era nada más y nada menos que Natalia Raphael, que la miraba con preocupación y una maleta en la mano.

—¿Qué estás haciendo aquí, Nat?

Natalia suspiró.

—Me he escapado de casa.

—¿Que te has escapado? Pero...

—Danilo ha estado insoportable desde que te fuiste. Insistió en que rompiera mi relación con Marco, y yo intenté razonar con él. Le dije que es un buen chico, que saca las mejores notas de su clase y que estamos muy enamorados, pero no me escuchó. ¿Y sabes lo que hizo cuando le amenacé con marcharme?

–¿Cuándo? ¿Antes o después de ponerse a gritar? –ironizó Tess.

–Oh, no gritó. De hecho, no hizo nada. Y yo me fui.

Tess la miró con asombro.

–¿Insinúas que Danilo no sabe dónde estás?

–No, no lo sabe. Y no quiero que se lo digas –respondió–. ¿Me puedo quedar en tu casa?

–¿En mi casa? ¿Por qué no te vas con Marco?

–Porque es tan necio como mi hermano. Me dijo que yo había actuado de forma impulsiva, y que debía volver a casa y hablar con Danilo.

–Dios mío.

–Entonces, ¿me puedo quedar?

–Me encantaría que te quedaras, pero mi piso es tan pequeño que no cabríamos.

Nat la miró con horror.

–¿Y qué voy a hacer ahora?

Tess se lo pensó un momento y dijo:

–No te preocupes. Conozco a una persona que tiene sitio de sobra.

Beth llegó al bar cuando Nat estaba por su segunda taza de café. Tess había intentado tomarse una, pero sintió náuseas y lo tuvo que dejar.

Al ver a su madre, a quien había llamado para informarle de la situación, hizo las presentaciones pertinentes y se dirigió al cuarto de baño del establecimiento, donde sacó el móvil y marcó el número de Danilo; pero le saltó el contestador automático, y decidió enviarle un SMS para asegurarse de que recibiera el mensaje. Sabía que se llevaría un disgusto terrible cuando descubriera que su hermana había desaparecido.

Cuando terminó, se llevó una mano al estómago y respiró hondo. Se sentía extrañamente tranquila, teniendo en cuenta que estaba embarazada y que no tenía más opción que decírselo a Danilo.

¿Cómo reaccionaría cuando lo supiera? No lo podía saber. Y tampoco sabía si era más conveniente decírselo de inmediato o esperar un poco; por lo menos, hasta que ella misma se acostumbrara a la idea.

Volvió al bar y se sentó junto a las dos mujeres. Ni siquiera estaba segura de que viera a Danilo cuando se presentara a buscar a Nat, porque le había enviado el número de Beth por si prefería hablar con ella y pasar directamente por su casa. Al fin y al cabo, no se podía decir que su relación hubiera terminado muy bien. Incluso cabía la posibilidad de que la odiara.

—¿Sabías que tu madre conoce a Eva Black? —preguntó Natalia, refiriéndose a una deportista famosa.

—¿Ya te estás jactando de tus contactos, mamá?

—No seas tan grosera, Tess —protestó su madre—. Te recuerdo que Eva te regaló varias entradas para que se las dieras a los niños de tu colegio.

—Y le estoy muy agradecida. Es la mejor madrina que nadie pueda tener.

–¿Eva Black es tu madrina? –dijo Nat–. ¡Guau!

–Bueno, será mejor que nos marchemos –intervino Beth.

–¿Tan pronto? –preguntó su hija.

–Sí, ya hemos hablado todo lo que teníamos que hablar. Tomaremos un taxi y nos iremos a casa. Si quieres, puedes venir más tarde.

Beth se levantó, le dio un beso en la mejilla y añadió en voz baja, para que la joven no la pudiera oír:

–¿Has llamado a su hermano?

Tess asintió, y Beth y Nat se fueron inmediatamente.

Al cabo de unos minutos, Tess salió del establecimiento y recorrió los pocos metros que la separaban de su domicilio, donde se llevó la tercera sorpresa del día: Danilo Raphael la estaba esperando en el portal.

Tras un momento de pánico, recobró la compostura y lo miró de arriba abajo con ansiedad, como una drogadicta que llevara mucho tiempo sin tomarse una dosis.

Seguía siendo el mismo de siempre; el mismo hombre alto, elegante e increíblemente sexy, de piel morena y pómulos marcados. Pero había perdido peso, y su aspecto era más duro y peligroso que nunca.

Danilo había tenido un mal día. Para su sorpresa, Marco se había presentado en el palazzo y le había llevado una nota de Natalia, donde le informaba de que se había ido y no tenía intención de volver. La había leído varias veces y, cada vez que la leía, se indignaba un poco más. ¿Cómo era posible que fuera tan desagradecida? Se había sacrificado por ella. Incluso había renunciado al amor por ella. Y se marchaba así, con una simple nota.

Cuando salió de su asombro, se dirigió al aeropuerto y voló directamente a Londres. No necesitaba ser muy listo para adivinar que su hermana habría ido a casa de Tess. Y, durante el viaje, se puso a pensar en la mujer que había conquistado su corazón.

Tess no lo había dicho con esas palabras, pero había insinuado que era un cobarde, y estaba en lo cierto. Había permitido que se marchara de Italia porque se había enamorado de ella y no se atrevía a asumirlo. Se había obsesionado con la idea de que no merecía ser feliz mientras su hermana siguiera en una silla de ruedas, y esa misma obsesión lo había empujado a despreciar los sentimientos de Tess.

Sin embargo, eso estaba a punto de cambiar.

Tess no habría imaginado nunca que Danilo estaba nervioso, pero lo estaba tanto que, cuando la vio, no supo qué decir. La mente se le quedó en blanco, y hasta olvidó el discurso que había preparado durante el vuelo.

Al final, optó por la solución más fácil de todas, que era limitarse a saludar.

—Hola, *cara mia* —dijo.

Tess malinterpretó su laconismo y pensó que intentaba ser cruel, así que pasó directamente a las explicaciones.

–Nat está con mi madre. Te he llamado por teléfono y te he enviado un mensaje, pero quiero que sepas dos cosas: la primera, que esto no ha sido cosa mía y la segunda, que no estoy dispuesta a soportar uno de tus berrinches.

–Yo no he insinuado que fuera cosa tuya –replicó él, a la defensiva–. Pero, ¿qué hace Nat con tu madre?

Tess lo miró con extrañeza.

–¿Es que no has visto mi mensaje?

–No, no he lo visto.

–Entonces, ¿qué haces aquí?

–Nat dejó una nota a Marco, que me la llevó al palazzo –contestó–. Y, como mi hermana no tiene muchos sitios a los que ir, deduje que habría venido a tu casa.

–Ah.

–Debo reconocer que ese chico es más responsable de lo que yo creía. Empiezo a pensar que lo he juzgado mal. Pero, en cualquier caso, todo el mundo merece una segunda oportunidad, ¿no te parece?

Tess se quedó desconcertada; y no solo por sus palabras, sino también por el hecho de que no estuviera enfadado con ella. Ni había gritado ni había lanzado acusación alguna. Parecía el hombre más razonable de la Tierra.

–Sí, supongo que sí –respondió–. Pero doy por

sentado que querrás ver a tu hermana de inmediato... Si quieres, te puedo dar la dirección.

−¿Se encuentra bien?

−¿Nat? Está perfectamente. Aunque es posible que te haga pasar un mal rato cuando la veas −le advirtió.

−En ese caso, prefiero esperar.

Tess se metió las manos en los bolsillos.

−No estás enfadado con ella, ¿verdad? Porque, si cometes el error de gritarle, solo empeorarás la situación.

−No, no lo estoy.

La respuesta de Danilo aumentó el desconcierto de Tess. ¿Cómo era posible que no estuviera enfadado? Siempre estaba enfadado con alguien. Y, si no lo estaba con Nat, se podía deducir que lo estaba con ella.

Ansiosa, sacudió la cabeza y soltó lo primero que se le ocurrió:

−Me he quedado embarazada.

Danilo tardó unos segundos en reaccionar.

−¿Embarazada? −dijo al fin.

−Sí. Y, antes de que lo preguntes, es hijo tuyo.

−Ya lo suponía...

−¿Por qué? ¿Porque no he tenido tiempo de acostarme con nadie más?

−¿Es que te has acostado con otro? −dijo él, frunciendo el ceño.

−Por supuesto que sí. No he hecho otra cosa que acostarme con hombres desde que volví a Inglaterra −respondió, ofendida−. ¿Por quién diablos me has tomado? ¿Qué crees que he estado haciendo? ¿Ir de fiesta en fiesta? ¿Pasármelo a lo grande?

–No, claro que no. De hecho, supongo que te preocuparías mucho cuando supiste que estabas embarazada.

–Lo he sabido hace unas horas –le informó–. Y es lo mejor que me ha pasado en toda mi vida.

–¿Lo mejor?

–Sí, eso he dicho.

Danilo suspiró y cerró los ojos durante unos instantes. Aún no podía creer que Tess se hubiera quedado embarazada y, mucho menos, que se alegrara de ello. Pero él se sintió el hombre más feliz del mundo.

–No quiero que te preocupes por nada, Tess. Yo cuidaré de vosotros.

Tess pensó que no necesitaba que cuidara de ella, sino que la amara. Y, si no la podía amar, no quería su ayuda.

–Eso no es necesario –replicó.

–Puede que no lo sea, pero insisto.

Ella se pasó una mano por el pelo.

–¿Es que no escuchas nunca? ¿Cómo quieres que te lo diga? ¡No te necesito! –bramó.

–Me parece muy bien, pero yo te necesito a ti. Y ya sabes que soy un egoísta.

Tess se quedó boquiabierta.

–¿Cómo? ¿Que me necesitas?

Él asintió.

–Sí, como necesito el agua o el oxígeno.

Danilo sabía que se había portado como un idiota. Cuando Tess dejó el palazzo, se dedicó a maldecirla y a intentar convencerse de que estaría mejor solo. Nunca había buscado el amor. Nunca lo había querido. Pero el destino tenía otros planes, y no tardó en darse cuenta de que, por mucho que le disgustara, se había enamorado perdidamente de ella.

Si hubiera sido por él, se habría subido a un avión y habría ido a buscarla. Solo se contuvo porque la había tratado tan mal que no se podía presentar en su casa y esperar que lo perdonara así como así. Esta vez, haría las cosas bien. Le daría toda la ternura que le había negado hasta entonces. Sería lo que no había sido en ningún momento: un hombre romántico.

Durante los días siguientes, se dedicó a organizarlo todo. Reservó un restaurante entero, contrató a uno de los cantantes preferidos de Tess y hasta llamó a un famoso chef neoyorquino para que cruzara el Atlántico y les preparara una cena a la altura de las circunstancias. Pero la fuga de Nat lo había obligado a viajar a Londres antes de lo previsto, y aún no tenía lo más importante: el anillo que había encargado.

—¿Qué has dicho? —preguntó ella, completamente perpleja.

—Que estoy enamorado de ti.

Tess parpadeó, intentando comprender lo que sucedía.

—¿Por qué dices eso? ¿Es por el bebé?

—Bueno, supongo que el bebé estará en el centro de todo a partir de ahora, pero no tiene nada que ver con él. Lo he dicho porque es verdad. Me he ena-

morado de ti, y me gustaría que fueras mi esposa
—contestó, cada vez más nervioso—. Sé que me he
portado como un idiota, y que quizá no merezca
que me perdones, pero te amo... y estoy dispuesto a
cambiar.

Los ojos de Tess se llenaron de lágrimas.

—Oh, Danilo —dijo ella, llevándose una mano al
corazón.

—¿Me perdonas entonces?

—¿Que si te perdono? Por supuesto que sí —respondió—. Seré tu amante, tu compañera, tu esposa,
lo que tú quieras. Pero no cambies nunca, por favor.
Me gustas tal como eres.

Danilo tragó saliva, emocionado.

—En ese caso, me quedo con todo lo que me has
ofrecido.

—¿Con todo?

—Sí, porque te quiero de amante, compañera y
esposa.

Ajenos a la gente que pasaba por la calle, Danilo
y Tess se abrazaron y se besaron apasionadamente.
Hasta que un conductor tocó el claxon y rompió el
hechizo.

—Ese tipo tiene razón —dijo él—. Deberíamos seguir entre cuatro paredes. ¿Qué te parece si reserva-
mos una habitación en algún hotel?

—¿Para qué? Mi casa está arriba, y tengo mi propia habitación.

Danilo sonrió y la alzó en vilo.

—¿Qué haces? —protestó Tess—. Te aseguro que
puedo andar...

—Ya sé que puedes, pero permíteme el placer de

llevarte en brazos, aunque solo sea para halagar mi frágil ego. Finge en público que yo controlo la situación, y te prometo que, en privado, seré lo que tú quieras.

Epílogo

Tres años después

Todos los invitados miraban a la novia; todos menos Danilo, que solo tenía ojos para su esposa. Tess estaba más guapa que nunca y, cada vez que se fijaba en su redondeado estómago, se sentía el hombre más feliz de la Tierra. Iban a tener un segundo hijo; un niño o una niña que, años más tarde, caminaría con el pequeño querubín que en ese momento sostenía el largo velo de Nat, absolutamente concentrado en su labor.

Al llegar al final del pasillo, Natalia se detuvo junto al novio: Marco, quien había aceptado un empleo en el equipo legal de Danilo cuando este logró convencerlo de que no se lo ofrecía porque fuera a ser su cuñado, sino porque era un gran profesional.

—Por fin lo ha conseguido —dijo Tess con lágrimas en los ojos.

—Por supuesto que sí.

Danilo se apoyó en las muletas de su hermana, que se las había dejado porque no se quería casar con ellas. Aún estaba lejos de haberse recuperado por completo, pero las expectativas eran buenas. Se había sometido a varias operaciones con la disciplina y el valor de un soldado. Y, cuando por fin se levantó de la silla de ruedas y dio el primer paso en muchos años, lo primero que hizo fue anunciar su compromiso matrimonial.

No hubo nadie que no derramara una lágrima cuando Natalia pronunció sus votos, empezando por la propia Tess, que se giró a mirar a Danilo. Él le devolvió la mirada y adivinó sus pensamientos porque coincidían con los suyos: se estaba acordando del día en que ellos intercambiaron esos mismos votos.

Durante la noche de bodas, Danilo le dijo que su nueva vida estaba a punto de empezar. Y ahora, mientras la tomaba de la mano, pensó que era la mejor vida que habría podido tener. Una vida absolutamente feliz.

Bianca

¡Decidió que solo podía legitimar a su vástago con una alianza de oro para ella!

Nikolai Cunningham había mantenido su secreto familiar durante diecisiete años. Cuando la fotógrafa Emma Sanders apareció con el propósito de hacer un reportaje sobre su hogar de la infancia, él regresó a Rusia para asegurarse de que no destapara sus intimidades. Aunque Emma pretendía hacer bien su trabajo, la atracción que sentía hacia Nikolai era demasiado poderosa. Pero, convencido de que ella solo había querido utilizarlo, el magnate ruso la abandonó, sin saber que estaba embarazada.

EL SECRETO DE LA NOCHE RUSA

RACHAEL THOMAS

Acepte 2 de nuestras mejores novelas de amor GRATIS

¡Y reciba un regalo sorpresa!

Oferta especial de tiempo limitado

Rellene el cupón y envíelo a
Harlequin Reader Service®
3010 Walden Ave.
P.O. Box 1867
Buffalo, N.Y. 14240-1867

¡Sí! Por favor, envíenme 2 novelas de amor de Harlequin (1 Bianca® y 1 Deseo®) gratis, más el regalo sorpresa. Luego remítanme 4 novelas nuevas todos los meses, las cuales recibiré mucho antes de que aparezcan en librerías, y factúrenme al bajo precio de $3,24 cada una, más $0,25 por envío e impuesto de ventas, si corresponde*. Este es el precio total, y es un ahorro de casi el 20% sobre el precio de portada. !Una oferta excelente! Entiendo que el hecho de aceptar estos libros y el regalo no me obliga en forma alguna a la compra de libros adicionales. Y también que puedo devolver cualquier envío y cancelar en cualquier momento. Aún si decido no comprar ningún otro libro de Harlequin, los 2 libros gratis y el regalo sorpresa son míos para siempre.

416 LBN DU7N

Nombre y apellido	(Por favor, letra de molde)	

Dirección	Apartamento No.	

Ciudad	Estado	Zona postal

Esta oferta se limita a un pedido por hogar y no está disponible para los subscriptores actuales de Deseo® y Bianca®.
*Los términos y precios quedan sujetos a cambios sin aviso previo.
Impuestos de ventas aplican en N.Y.